가족이 되다

가족이 되다

1판 1쇄 2021년 2월 22일

글 김영주
그림 안병현

펴낸이 모계영 펴낸곳 가치창조 출판등록 제406-2012-000041호
주소 서울 종로구 사직로8길34, 1104호(경희궁의 아침 3단지 오피스텔)
전화 070-7733-3227 팩스 02-303-2375 이메일 shwimbook@hanmail.net
ISBN 978-89-6301-229-2 (43810)

가치창조 공식 블로그 http://blog.naver.com/gachi2012
단비청소년은 가치창조 출판그룹의 청소년책 전문 브랜드입니다.

가족이 되다

김영주 글
안병현 그림

단비청소년

작가의 말

가족은 어쩌다 만난 사이가 아닌 서로의 가치이며 의미

TV에서 광고 중간마다 후원 캠페인 방송을 종종 본다. 가엾고 측은한 아이들의 모습을 인내하고 보기 힘들다. 소외된 아이들이 왜 그리도 많은지, 선뜻 도움을 주지 못하면서 그 모습을 지켜보는 심정이 참 민망하다.

성당에서 '자선 주일'이라 해서 헌금을 한다. 헌금 바구니에 손을 유난히 깊숙이 집어넣는다. 아마 그 깊이와 상반된 아이러니가 있다. 나의 얕은 마음에서 나오는 수동적인 자선, 이기적인 나를 들키지 않으려는 안간힘 같은 것……. 이것이 나의 민낯이다.

기부조차 어려운데 가족으로 누군가를 받아들인다는 것 결코 쉽지 않다. 8년 전에 두 번의 파양으로 유기견이 된 아이를 입양해 키우고 있다. 다가가면 뒷걸음을 쳤다. 마음을 연 첫 계기는 '몸 낮추기'였다. 한 무릎을 접고 마주하니 조금씩 경계를 풀었다. 상처 많은 아이는 아직도 완전히 곁을 내주지 않는다.

동물 입양에는 한 가지 분명한 단서가 붙는다. 모든 일을 사람이 다 해주겠다고 맹세해야 한다. 뒤돌기 무섭게 일이 수도 없다. 후회를 안 한 건 아닌데, 약속을 지키고 있다.

새롭게 가족을 맞기도 어려운 일이지만, 원가족을 유지하는 것 또한 쉬운 일은 아니다. 남편은 33년 동안 다닌 직장에서 얼마 전 정년퇴직을 했다. 마지막 출근 날, 아침을 차려 주며 남편에게 한 말이 있었다.

"33년간 애썼어요. 참 많이 고맙습니다."

이 말을 하지 않으면 평생 후회할 것 같았다. 남편의 노고를 이 말 한마디로 보상해 줄 수는 없다. 하지만 화해, 감사, 미안함, 보속 등 만감이 교차한 말이었다. 오늘도 나는 삼시 세끼를 정성 들여 차려 주었다.

《가족이 되다》에서 가족을 이루는 과정을 참 많이 고민했다. 글이어도 결코 쉽지 않았다. 그들이 이어 놓은 틈을 찾을 수 없을 만큼 수없이 준비했고, 깨지고 상처 난 곳에서 새살이 돋아났다. 준비했어도 예상치 못한 어려움을 수없이 겪었을 것이다. 인정만으로 할 수 없는 일, 감히 쉽게 실천하지 못했던 일을 글 속에서나마 그리고 싶었다.

"돈으로 사는 건 쉬워!"라는 소설 속 등장 인물의 말처럼 가족은 돈보다 사랑으로 뭉쳐진 최고의 가치다.

김영주

차례

외톨이

아침부터 굵은 빗줄기가 쉬지 않고 내렸다. 매일 아침 교문 앞이 북적대는 건 중학교에 와도 초등학교 때와 별반 다르지 않았다. 거기다 차례로 와 멈추는 차는 더 각양각색이었다. 빗속에서도 번쩍번쩍 광나는 외제 차들은 내 시선을 마구 분산시켰다. 궂은 날씨 탓인지 어제보다 훨씬 더 많은 차가 꼬리에 꼬리를 물며 왔다.

차를 세운 사람들은 하나같이 같은 풍경을 연출했다. 운전석에서 내린 부모는 조수석으로 재빠르게 이동했다. 차 문을 열어 주고, 자기 아이들이 비 한 방울도 맞지 않게 눈물겨운 애를 썼다. 아이들에게 우산을 받쳐 준 후, 그제야 옆구리에 끼고 있던 우산을 펼쳐 썼다. 그동안 아이는 손 하나 까딱하지 않았다. 그 모습은 재벌 총수를 극진히 보필하는 운전기사의 모습과 겹쳐 보였다. 임무를 마친 부모는 만족스러운 얼굴로 인사 없이 뒤도 안 돌아보고 가는 아이를 바라봤다.

나는 비를 좋아하지 않는다. 다만 내가 보기 싫은 것들을 우산이 가려 주니까 좋았다. 숙인 내 고개만큼 우산도 푹 내리고 걸었다. 그렇게 했음에도 정말 이상한 게 있다. 주위를 안 보려고 하는데 어느 결에 부러운 듯 바라보는 내 눈이다. 그러는 내가 나는 못마땅하다.

차들 사이를 지나면서 나는 생각했다. '차라리 이게 장애물 놀이였으면……. 아냐 나는 지금 재밌는 놀이를 하고 있는 거야.' 내 최면에 머리는 빠져들려 하는데, 가슴이 늘 심술을 부린다. 그것을 방해하는 고문 같은 소리가 귓전으로 '윙윙' 쉬지 않고 들려오기 때문이다. 그때부터는 조절 불가능으로 막무가내다. 시끄러운 빗소리를 뚫고 기어이 내 귀에 들려왔다. 정차한 차들의 엔진 소리보다 더 큰 소음으로 내 정신을 온통 흩어 놓는 저 소리들!

"○○야! 학교 끝나면 엄마가 또 데리러 올게. 이따 봐!"

"우리 아들, 잘 다녀와! 파이팅!"

"이따 학원 버스 놓치고 엄마 또 불러라, 너! 시간 잘 맞춰 타란 말이야."

“학원 안 가고 또 딴짓만 해 봐!”라는 소리조차 내 귀에는 부럽게 들렸다. 어디에서도 “서우야, 잘 다녀와!”라는 말은 들리지 않았다. 차들 사이로 간신히 지나는 것보다 수없이 들려오는 말들이 나를 너무 힘들게 했다. 나도 교문 앞에서 ‘엄마가 내 이름을 불러 주면 얼마나 좋을까!’ 바랄 것이 아니라고 생각하면서도, 미련을 버리지 못했다. 설마하니 중학생이 되면 이런 풍경은 보이지 않을 줄 알았다. 그것은 나의 선부른 예측이었다. 아니 어쩌면 그건 나의 최대 이기심이었을지 모른다. 앞으로 다가올 변화를 알았다면……. 그나마 지금이 다행이라는 것을 깨닫지 못했다.

바로 그때, 내 머릿속을 가차 없이 가격하는 게 있었다. 바랄 걸 바라라며, 그것은 한 방에 나를 정신 나게 했다. 비를 싣고 불어온 바람은 비릿한 냄새까지 끌고 왔다. 비와 땀 그리고 시큼한 우유까지 뒤섞어 내 코끝에 끌어당겨 놓았다.

그 냄새는 ‘야, 박서우! 네 처지를 똑바로 보시지?’라고 비웃는 것만 같았다. 고개 숙여 내려다본 내 가슴 앞자락에는 땀과 서준이가 토한 우유로 얼룩져 있었다. 그 얼룩을 보자 내 몸은 물에 잔뜩 불은 신문처럼 무거워졌다. 잠깐 상상했던 모습은 지금 나에게 황당무계한 꿈인 줄을 나는 안다.

교문을 지나 운동장을 가로질러 가고 있을 때였다. 저만치에

침을 흘리며 먹잇감을 노리는 하이에나들이 어김없이 보였다. 오늘은 현관 앞에서 나를 기다리고 있었다. 지긋지긋한 괴롭힘은 매일 으레 거쳐야 할 의식과도 같았다. 등교할 때마다 작정하고, 나를 밤새 굳은 몸을 풀기 위한 도구로 정한 아이들이었다. 저마다 나를 자극하는 소리를 메들리로 해 대기 시작했다.

"야, 꿀꿀이! 형님들 이렇게 오래 기다리게 할 거냐? 빨리, 빨리 와야지."

"엄마, 젖 주세요. 히히히!"

"저 옷 꼴 좀 봐. 오늘도 썩은 우유로 떡칠을 하셨네. 우웩!"

나를 자극하려 비아냥대는 소린 줄 진작 알아챘다. 그래도 나는 심호흡을 한 후 애써 모른 척 지나려 했다. 귀 닫고 입 닫고, 앞만 보며 걸어갔다. 그런 나를 고분고분 보내 줄 아이들이 아니었다. 기어코 내 옷자락을 잡아당겨 세웠다. 갑작스러운 행동에 내 몸은 휘청했다. 억지로 돌려 세워진 내게 아이들은 일심동체가 되어 똑같은 몸짓을 했다. 코를 쥐고 얼굴을 잔뜩 찌푸렸다. 역겨운 코맹맹이 소리로 빈정거렸다. 정말 지긋지긋한 아이들이다. 늘 똑같고 뻔한 레퍼토리에 질렸다. 솔직히 말하면 난 이 질려 버린 놀림에도 매일 새롭게 울컥한다.

"이것 봐, 이것 봐. 오늘도 구린내를 달고 왔어요."

내 옷을 잡고 놔주지 않는 아이의 손을 거칠게 뿌리쳤다. 그리고 있는 힘껏 소리쳤다.

"노잼. 이 손 놔! 구린내 나면 내 옆에 오지 마. 왜 매번 기다렸다가 이러는 건데? 나를 없는 사람 취급하라고……. 심심하면 딴 놀이를 하든지, 난 너희들한테 관심이 눈곱만큼도 없으니까……. 알았어? 정말 유치해."

한 아이가 내 어깨를 세게 밀치며 말했다.

"뭐 우리가 유치하다고? 우리도 너한테 관심 1도 없어. 네가 예의를 너무 모르는 것 같아서 가르쳐 주는 거야. 수고스럽게, 우리가……. 알았니? 우리도 바쁘거든. 근데 네가 아주 거슬려서 말이야. 이 냄새, 이 꼴 모두 다! 상관 안 하게 좀 씻고 다니라고 그러니까! 깨끗이 좀 입고 오란 말이야! 그게 안 되면 아예 우리 눈앞에서 싹 사라져 주시든가, 응? 너같이 더러운 놈하고 함께 있다는 게 너무 불쾌하다고. 매일 너만 보면 우리 몸까지 오염되는 것 같단 말이야."

지긋지긋한 이 깐죽거림을 나는 언제까지 참아야 하는 걸까! 아무렇지 않은 척 버텨 보려 하지만, 나는 어제도 오늘도 쉽지 않았다. 중학교 입학 후부터 줄곧 나는 참을 만큼 참아 왔다. 앞으로 얼마나 더 참을 수 있을지 정말 자신이 없다. 오늘처럼 서준이가 정신을 쏙 빼놓게 울고 간 날이면 참기가 더 힘들어졌다. 이까짓 것 따위는 아무것도 아니라고 이를 악물고 또 악물면 눈물이 불쑥불쑥 삐져나왔다. 이런 내 마음을 오히려 이용해 재미 삼는 저 아이들을 정말 눈 딱 감고 한 대 쳐 버리고 싶었다.

"내가 너희를 한꺼번에 확……."

"한꺼번에 뭐? 치시기라도 하게? 그래, 그럼 어디 쳐 볼 테면 쳐 봐!"

'제발 부탁이야. 날 투명 인간 취급해 줘. 얘들아! 나도 내게서 냄새나는 거 알아. 그런데 어쩔 수 없는데 어떡해?'라고 사정해 보고도 싶었다. 하지만 그런다고 멈출 아이들이 아니었다. 주먹으로 한 대 치고 싶은 마음은 굴뚝같았지만, 오늘도 간신히 참아 냈다. 이럴 때는 나도 내가 아니고 싶다. 주먹을 어깨 위로도 올리지 못하고 불끈 쥐기만 한 채로 '부르르' 떨다 말았다. 건너뛸 수 없는 저 아이들을 피할 길이 없는 걸까! 만약 내가 말썽을 피운다면 담임 선생님은 이렇게 말할지 모른다.

"박서우, 어머니와 통화 좀 하고 싶구나."

내가 참는 이유는 딱 하나, 이 말을 듣지 않으려 애쓰는 것이다. 만일 그런 일이 일어난다면 큰일이다. 오란다고 해도 우리 엄마는 갈 수 없다. 엄마는 지금 일어나는 것도 간신히 하는 상태다. 요즘은 거의 누워 지낸다. 내가 그런 엄마를 속상하게 만들어서는 절대 안 될 일이다. 그나마 지금 담임 선생님은 내 사정을 잘 알고 여러모로 나를 배려해 주는 편이다. 그런 선생님을 실망시키고 싶지 않았다.

매일 겪는 시달림은 굳은살이나 내성도 생기지 않았다. 아침 신고식을 시작으로, 수업 시간 틈틈이 이어지는 괴롭힘은 아침과는 달리 아주 다양했다. 지능적이고 교묘한 방법으로 나를 흔들어 댔다.

다음 시간은 미술 시간이다. 혼자서 말없이 집중할 수 있는 시간이어서 나름 좋아했다. 게다가 그림에 재능이 있다는 말도 종종 들었던 터였다. 하지만 미술 수업 시간의 작은 행복도 그리 오래 누리지 못했다. 선생님 칭찬을 이용해 아이들이 나를 수시로 괴롭혔기 때문이다.

쉬는 시간에 미술실로 가는 중이었다. 계단 모퉁이를 막 도는데 기다렸다는 듯, 한 녀석이 내 어깨 위에 팔 하나를 척 올리며 말했다.

"네가 그림 꽤 그린다며? 그래서 말인데 오늘 그 재능 기부할 시간을 우리가 네게 주려고 하신다."

이런 같잖은 말을 더 들어줄 이유가 없었다. 나는 어깨 위에 올린 팔을 뿌리치며 말했다.

"필요 없어! 이제 또 무슨 수작을 부리려고 그러는데?"

"어, 이거 점잖게 말하려는데 고분고분 말 안 듣네. 매 벌지 말고 쉽게 가자."

그때 우리 학교에서 '짱'이라 불리는 아이가 모습을 드러냈다. 아주 웃기지도 않다는 듯 눈을 내리깔고, 검지 손톱 끝을 엄지로 튕기며 말했다.

"좋게 가자. 응? 그렇게 말대꾸하면 이 형님 속이 안 좋아져. 알겠냐?"

그 애는 말을 뚝뚝 끊어 가며 말했고, 말끝마다 내 뒤통수를 톡톡 때렸다. 곧이어 내 귓가에 입을 가까이 대고 낮은 목소리로 말했다.

"조용히 가자. 아니면 이따 저 아파트 뒤껼에서 우리 몸 좀 풀게 해 주든가……."

나는 순간 딱 두 사람이 생각났다. 엄마와 서준이. 그 두 사람은 내가 학교가 끝나자마자 될 수 있는 한 빨리 집으로 가야 하는 이유다.

"알았어. 그……게 뭔데?"

"그래도 머리가 영 안 돌아가는 건 아니네. 그래, 고분고분 말 잘 들어. 이번뿐 아니라 앞으로도……. 알겠냐?"

그 애는 말을 마치고, 먼저 말을 던진 아이에게 고갯짓했다. 그 아이는 썩은 미소를 지으며 다가왔다.

"진작 그럴 것이지. 오늘 우리가 팔이 아파서, 형님들 그림 좀 그려라. 얼마 안 돼. 딱 일곱 장만 그려라. 어때? 숫자도 죽여주지? 접수된 줄 알고 우리는 좀 쉬마."

내 등을 '툭툭' 치더니 예고도 없이 앞으로 세게 밀었다. 나는 맥 놓고 있다가 앞으로 쓰러질 듯 밀렸다. 아이들은 내 모습이 우스꽝스럽다는 듯 "빙신!" 하며 비웃었다. 나는 모욕적이었지만 이를 악물고 또 참아 냈다.

나는 일부러 미술실 제일 끝자리에 앉았다. 그 아이들 말을 따라 미술 시간에 일곱 명의 얼굴을 그렸다. 내가 마치 죄인인 양 다른 애들이 눈치 못 채게 곁눈질로 그 애들 얼굴을 보고 스케치했다. 내 진땀은 아랑곳하지 않고 미술 시간 내내 빈둥거리는 그 애들을 빤히 바라보며 그려야만 했다. 그 아이들은 낄낄대며 옆에 아이들을 건드렸고, 몇몇은 까놓고 엎어져 잤다. 시키는 대로 해도 더 기막힌 일은 또 있었다. 정성을 다하지 않아 실기 점수가 덜 나왔다고 트집 잡아 끊임없이 괴롭혔다.

그 애들은 자기네가 시키는 대로 한다고 해서 잠잠한 것이 아니었다. 따르면 따를수록 점점 강도가 세졌다. 예를 들어 자기네들이 말하는 '명령'을 내릴 때 표정이 불량했다며 트집을 잡았다. 하다못해 대답을 바로 하지 않았다는 이유로 괴롭힘은 이어졌다.

'짱'이 명령을 내리면 그 아이들은 하느님처럼 무조건 복종해야 했다. 그 애들의 법이고, 그 애들이 말하는 일명 '정치질'이 그것이다. 그 정치질에 따라 하지 않으면 그 패거리에서 바보 취급을

당했기 때문에 짱의 똘마니들은 기를 썼다.

"야, 저놈하고 말하는 놈 내 눈에 안 띄게 해라."

"아니, 방금 전 파리가 왔다 갔니? 내 입김이 좀 세긴 해. 뭐가 스친 거 같았는데……."

나를 파리만도 못하게 취급했다. 내가 언젠가 '투명 인간'같이 대해 달라고 한 것을 들어주는 거라며 비아냥거렸다.

노란 버스

우리 가족은 엄마와 나 그리고 두 살 난 동생 서준이, 이렇게 셋이다. 나는 초등학교 6학년 때부터 소년 가장이 되었다. 아침이면 엄마가 '일어나라'고 수십 번을 말해 깨운다 해도 이상할 게 없는 어린 나이였다. 하지만 내게 그런 아침은 한순간에 꿈같은 일이 되어 버렸다. 어느 날 갑자기 엄마가 아픈 이후부터 내 생활이 바뀌었다. 아빠는 다니던 공장에 불이 나는 바람에 갑자기 세상을 떠났다. 그 후부터 엄마는 시름시름 아팠다. 처음에는 갑작스러운 충격에서 오는 몸살인 줄 알았다. 하지만 병세가 점점 깊어졌다. 엄마는 직장도 못 가고, 자리에 눕고 말았다. 나는 아빠 잃은 슬픔보다 엄마가 몸져누워 버린 것이 더 충격이었다.

엄마가 아픈 후부터 나는 아무리 아침 일찍 일어나도, 눈코 뜰 새 없이 바빴다. 내가 학교 간 사이 엄마가 먹을 식사 준비, 내 등교 준비, 어린이집 갈 서준이 챙기기까지 합치면 매일 시간과의 전쟁이었다. 서준이는 거기다 자주 토했다. 최대한 일찍 아침을 먹여서 천천히 소화되도록 해야 하는데, 내게는 그럴 만한 여유가 없었다. 그걸 알았음에도 나는 먹이는 것조차 간신히 했다.

서준이는 옷만 입히면 어린이집에 가야 한다는 걸 눈치채고 매일 울어 댔다. 울음이 점점 커져 버리면 꼭 토하고 말았다. 그럴 때면 나는 주저앉아 서준이와 같이 울고 싶어졌다. 오히려 일거리가 줄어들기는커녕 할 일은 날마다 자꾸 늘어만 갔다. 귓가에 들려오는 울음소리는 가끔 현기증까지 나게 했다. 마치 동굴에 끌려 들어가는 것같이 캄캄한 곳에 가라앉는 기분이었다.

거기다 서준이는 같은 또래보다 모든 게 조금씩 늦었다. 엄마는 그게 모두 자기 탓이라고 한숨이 짙어졌다. 서준이가 태어난 지 얼마되지 않아 엄마가 아파서 제대로 돌보지 못한 탓이라고 생각했다. 걸음마도 늦어서 아침이면 바쁜 마음에 나는 늘 서준이를 안고 뛰었다. 바삐 서둘러도 매번 어린이집 버스를 기다리게 했다.

허겁지겁 나갈 때마다 나를 기다리느라 안절부절못하는 어린이집 선생님이 보였다. 매일 나 때문에 어린이집 선생님은 주변에 "죄송합니다."를 수도 없이 했다. 그때 유독 어린이집 노란 버스를 끔찍하게 싫어하는 한 사람이 있어서 나는 진땀을 더 뺐다. 깡마르고 큰 키에, 얼굴이 아주 하얗게 생긴 아줌마였다. 굵은 목소리는 아니지만 아주 낮았다. 흥분해 말하는 아줌마의 낮은 목소리는 높은음보다 더 살벌하게 들렸다. 그 살벌한 목소리로 매일같이 노란 버스와 씨름을 해 댔다.

지하 주차장을 빠져나오는 빨간색 차 앞코가 보일 때면 나는 마음이 더 급해졌다. 그 차는 다 나오기도 전에 경적부터 크게 울려 댔다. 멀찍이 떨어져 있는데도 좁은 차 안에서 힘줘 누르는 게 보였다. 몸을 세워 힘을 준 탓인지 앞창에 얼굴이 보이지 않을 정도였다. 그 아줌마는 아침마다 하는 항의에 순서가 있었다. 다음은 차창 문을 내리고 손을 내저을 차례다. '빨리 비켜! 얼른 차 빼라고!' 하는 몸짓이다. 경적에 놀란 사람들이 베란다 문을 열었다. 미어캣처럼 하나둘 고개를 내밀었다. 그중 잠옷 바람의 어떤 아저씨가 맞받아 소리 질렀다.

"거, 조용히 좀 합시다! 일 끝내고 들어와 막 잠들려는데 당신 때문에 오던 잠 다 달아났잖아. 여기 당신만 살아요?"

그 고함에 움찔하기는커녕 아줌마는 한 술 더 떠 라이트까지 번쩍였다.

"에잇, 무식하긴……."

그 아저씨는 못 말리겠다며 한 번 더 소리치고 베란다 문을 거칠게 닫아 버렸다. 그때만 해도 저 아줌마가 노란 버스를 왜 그리 싫어하는 건지 궁금해할 정신도 없었다. 매일 아침 소란이 반복되자, 아이들을 데리고 나온 엄마들도 불만을 한마디씩 말하기 시작했다. 그동안 다 같은 마음이었는지 입 다물고 있는 사람들까지 볼멘소리를 했다.

"어휴, 자기는 애 안 키우나? 원……."

"그러게요, 저 여자는 아침마다 왜 저럴까요?"

그중에 또 한 사람이 말을 받았다.

"저 사람 혹시 애가 없는 것 아닐까요? 그러니까 저렇게 이해심이 없겠죠."

조마조마했는데, 결국에 올 것이 오고 말았다. 그날 아이 엄마들이 슬쩍 던지는 말이 내 귀까지 들렸는데, 그 아줌마에게 안 들렸을 리 없다. 아니나 다를까! 드디어 차 문이 열렸고, 아줌마는 살벌하게 모습을 드러냈다. 생각보다 더 깡마르고, 키가 컸다. 차에서 내린 아줌마는 팔짱을 끼고 턱 끝을 올리며 말했다.

"거기 아줌마, 조금 전에 뭐랬어요?"

"저, 저요? 제가 뭘……. 아니……."

"방금 전 한 얘기 그대로 또 해 보시죠."

조금 전까지만 해도 말 잘하던 아줌마들이 슬금슬금 몸을 돌렸다. 저마다 자기 아이들을 팔로 감쌌다.

"애가 없어서 이해심이 없다고 그랬어요, 방금? 어쩜 사람들 생각하는 것하고는……. 편협하기 짝이 없군."

"저기요, 듣자 듣자 하니 말씀이 심한 거 아니에요?"

"내 말이 심해요? 어디 누구 말이 심한지 한번 따져 봅시다. 한쪽에 치우친 당신들의 논리라면 애 있는 당신들은 배려와 사랑이 넘쳐나겠군요? 다 내 애 같다고요? 웃기지 말라고 해요! 자기 애들만 최고잖아요. 길 가다 넘어진 애 한 번이라도 일으켜 세우고, 옷 털어 준 적 있어요? 애 혼자 울고 있으면 왜 우냐고 물어본 적 있어요? 나는 단지 길을 막지 말라는 거예요. 한꺼번에 오는 어린이집 버스 때문에 내가 얼마나 피해를 보는지 알아요? 경우 없이……. 그저 자기 애들만 잘 타고 가면 그만이죠? 재 봐요! 저도 어리면서 아기 안고 오는 저 애……."

그 말로 인해 나는 졸지에 시선을 한 몸에 받고 말았다. 아줌마들이 동시에 나와 서준이를 바라보았기 때문이다. 나는 움찔할 수밖에 없었다. 난데없이 불똥이 내게 튀는 것도 아니고, 그렇다고 나를 칭찬하는 거도 아닌데……. 어쨌거나 길을 막고 선 어린이집 버스와 나는 무관하지 않으니 마음이 더 급해졌다. 어린이집 선생님도 덩달아 안절부절못했다. 나는 한걸음이라도 빨리 떼려고 애썼지만, 마음만 앞섰지 더디기만 했다. 한발을 뗄 때마다

덜렁대는 가방은 내 등을 크게 쳐 댔다. 마치 가방마저도 나를 재촉하는 것 같았다. 품에 안은 서준이는 땀으로 축축해져 있었다. 아까부터 몸을 뒤로 젖히며 막무가내로 울어 댔으니……. 하마터면 서준이를 놓칠 뻔한 나는 순간 머리카락이 쭈뼛 서듯 아찔했다. 나는 간신히 서준이를 어린이집 선생님께 넘겨주었다. 서준이는 아까보다 더 세차게 울고불고 몸부림치며 나를 돌아보았다.

"선생님, 죄송해요. 제가 매일 늦게 나와서……."

그 와중에도 어린이집 선생님은 굳은 얼굴을 풀고 내게 웃어 주었다. 오늘도 서준이를 반겨 주며 말했다.

"아고고고! 우리 서준이 왔어요? 아냐, 서우야. 이따 저녁에 보자. 저분 더 화내시기 전에 갈게. 호호호!"

선생님은 내게 눈을 찡긋하고 서둘러 버스에 올라탔다. 드디어 버스 문이 닫히고 떠났지만, 나는 버스가 멀어질 때까지 그 자리에 서 있었다. 버스가 떠나고 없는데도 발을 뗄 수가 없었다. 서준이를 태운 꿈나라 어린이집 버스가 떠난 자리에 그림 어린이집 버스가 와 섰다. 한 선생님은 차에서 내리려다 갑자기 울리는 차 경적에 놀라 하마터면 앞으로 넘어질 뻔했다.

빵빵, 빵빵빠앙!

"어머! 깜짝이야."

거기다 그 아줌마는 차에서 내려 어린이집 버스 앞에 우뚝 섰다.

"뭐예요? 하나 가면 하나가 와서 다시 막고 서서, 지금 뭐 하자는 거예요! 비켜야 나가든 말든 할 거 아니에요? 매일 아침 이게 무슨 난리예요? 이 아파트에는 어린이집, 유치원 다니는 아이들만 살아요? 정말 짜증 나 죽겠어. 시청에서는 뭐 하는 거야? 이런 불편 하나 해결해 주지도 않고 말이지. 하루 이틀도 아니고 살 수가 없어."

그 아줌마는 거침없이 나오는 대로 말을 모두 쏟아 냈다. 그래도 어린이집 버스는 큰 눈을 껌벅껌벅 대듯 비상등만 깜박이며 꿈쩍도 하지 않았다. 마치 겨울잠에서 덜 깨 웅크리고 있는 거대한 곰 같았다. 어린이집 버스 기사님들은 아침마다 겪는 충돌이라 그냥 버티는 눈치였다. 아줌마는 씩씩거렸고, 어린이집 버스는 아무렇지 않게 아이들을 태우고 차례차례 그 자리를 떠났다.

어린이집 버스가 떠나고, 아줌마가 차를 몰아서 내 옆을 지나려 할 때였다. 경적을 또 짧게 울렸다. 참, 끈질기다고 생각했다. 그 소리에 움찔한 나는 뒤를 돌아보았다. 아줌마는 내게 쏘아붙이듯 말했다.

"얘! 너 신발 일부러 그렇게 신었을 리는 없을 테고……. 웬만하면 네 아래도 좀 보며 다닐래? 설마 그런 채로 학교까지 갈 생각은 아니지?"

그 말에 화들짝 놀라 아래를 내려다봤다. 이게 웬 창피람! 한 짝은 운동화를 구겨 신고, 한 짝은 슬리퍼를 신고 있었다. 슬리퍼 신은 발을 얼른 뒤로 숨겼다. 숨긴다고 숨겨지는 것은 아닌데……. 아줌마는 조금 전 나를 보고 인상을 잔뜩 찌푸렸다. 저 아줌마가 내 가슴에 허연 얼룩까지 보았을까? 나는 한 걸음 뒷걸음쳐 물러났다. 아줌마는 그 말만을 남기고 턱 끝을 추켜세우며 아파트 정문을 통과해 나갔다.

아줌마 말처럼 짝짝이로 신발을 신고 학교에 갈 수는 없었다. 다시 집으로 달려갔다. 그날이 괴팍한 아줌마와의 우스꽝스러운 첫 만남이었다.

전에는 동생을 어린이집 선생님께 보내 놓으면 날아갈 것 같은 날이 있었다. 내 몸에서 아주 무거운 것을 덜어 낸 느낌이랄까! 마음부터 가벼워졌다. 서준이 없는 유일한 곳이 학교다. 어느 날 수업 중에 멍하니 창밖을 바라보고 있을 때였다.

"박서우! 읽어 볼래? 서우야!"

아이들이 '킥킥' 웃는 소리에 놀라 고개를 돌렸다. 내 얼굴은 금방 빨개졌다. 담임 선생님이 빙그레 웃으며 내게 말했다.

"34쪽부터 읽어 봐, 서우야!"

나는 서둘러 책을 펼치며 일어났다.

"서우야, 천천히 해도 돼."

따뜻한 말로 내 다급한 마음까지 다독여 주었다. 담임 선생님은 내게 참 친절했다. 놀리는 애들에게 받은 상처에 위안이 좀 됐다. 내가 책을 읽고 나자 수업 끝나는 종이 울렸다. 담임 선생님은 쉬는 시간에 나를 불러 말했다.

"서우야, 요즘 엄마는 어떠시니?"

"병원에 다녀오시고 힘들어하세요."

"아까는 엄마 생각했니?"

"아니요. 서준이요. 아침에 엄청 울고 가서……."

담임 선생님은 말없이 내 머리만 몇 번을 쓰다듬었다.

한번은 어린이집 선생님이 학교 교무실로 전화를 했었다. 서준이가 아무리 달래도 울음을 그치지 않는다는 것이었다. 아파서 집에 누워 있는 엄마보다는 내가 먼저 생각났나 보다. 나는 하는 수 없이 서준이를 학교로 데리고 와야만 했다. 막무가내로 울던 서준이가 나를 보자 울음을 뚝 그쳤다. 어린이집 선생님은 그때 우리 둘을 보며 말했다.

"서준이한테는 서우가 약이구나? 그렇게 달래도 안 되더니 형을 보자마자 뚝 그치네."

그때부터 담임 선생님은 나에게 언제나 전화를 받아도 된다고 허락해 주었다. 언제 또 일어날지 모르는 이런 일을 대비해 나는 핸드폰을 진동으로 해 놓았다. 주머니에 넣고 수시로 손을 대 보았다. 아이들 떠드는 소리에 혹여 벨 소리를 듣지 못할까 봐 조바심이 났기 때문이다. 반 아이들은 그날부터 나를 '엄마'라고 부르며 빈정거리기 시작했다. 무엇보다 내 몸이 작은 것이 제일 만만해 보였나 보다. 몸집이 큰 아이는 건들지 않고, 자기보다 작은 아이를 목표물로 정했다.

그 일이 있고 난 뒤 나는 학교에 있는 동안에도 좀처럼 마음이 놓이지 않았다. '서준이는 지금쯤 잘 있을까?' '엄마는 밥을 조금이라도 먹었을까?' 이런저런 생각이 온종일 내 머릿속을 휘젓고 다녔다. 금방이라도 어디선가 서준이 울음소리가 들릴 것만 같았다. 혹시나 하는 걱정거리가 불어나 시간이 지나면 지나갈수록 돌덩이를 넣은 듯 무거워져만 갔다. 요즘은 동생을 다시 안을 때가 오히려 마음이 편해졌다. 비비면 더 넓어지는 내 앞자락에 허연 얼룩처럼 동생 생각은 내 속에서 더 넓어졌다.

교실 맨 뒤에 내 자리가 있다. 혼자 앉아 그나마 다행이라고 생각한다. 물론 반 친구들이 나를 가까이하려고도 않지만, 나는 그게 차라리 편하다. 나도 누군가 가까이 다가올까 싶으면 지레 뒤로 물러나 버리는 습관이 어느덧 생겨났다.

한때는 놀림당하지 않으려 남모르게 정말 노력했다. 어느 순간 반 아이들이 나를 엄마라고 놀리는 것도 포기해 버렸다. 나는 지칠 때로 지쳐 버렸다. 엄마는 점점 병세가 악화되었고, 입원 기간도 길어졌다. 그런 날은 온전히 서준이와 나만 집에 남겨졌다. 엄마가 병원에 가면 다행히 옆집 아줌마가 우리 둘을 틈틈이 보살펴 주는 것에 의지해야만 했다.

엄마의 절친한 친구인 정희 이모도 병원으로, 우리 집으로 오가느라 바빠졌다. 엄마가 병원에 가면 오히려 내 일은 줄어드는 셈이긴 했다. 일이 줄어든 대신 내 마음은 두려움 반 걱정 반으로 무거워졌다. 밤은 길었고, 유독 칠흑같이 어둡게 느껴졌다. 그럴 때면 집 안의 모든 전등을 켜 놓았다. 그렇게 지루하게 긴 밤을 지나 아침을 맞곤 했었다.

밤늦게까지 잠 못 들어 뒤척이다 잔 탓에 늦잠을 잔 날도 많았다. 서준이는 엄마 품보다 내 품에 더 자주 안겨서 그런지 유난히 내게서 떨어지지 않으려 했다. 밤새 서준이를 끌어안고 잠들었다 눈을 뜨곤 했다. 아침에 눈을 뜨자마자 눈물이 주르륵 흘러 베개에 스밀 때면 나는 나 자신이 가여웠다. 그것도 잠시, 허겁지겁 일어나 정신없이 준비하고 달려 나가야만 했다. 아침마다 어린이집 노란 버스와 실랑이 하는 아줌마 때문에 부지런히 움직여도 시원찮은 처지였다.

서준이를 안고 정신없이 나가면서도 내 뒤통수는 항상 근질거렸다. 엄마가 없을 때도 마찬가지였다. 엄마에게 인사를 하고 나가도 그랬고, 잠든 엄마를 깨우지 않으려 조용히 나갈 때도 그랬다. 근질거림은 두려움이어서, 차마 겁이 나 말하지 못했다.

'엄마, 내일은 올 거지? 엄마, 나 돌아올 때까지 거기, 그대로 꼭 기다리고 있어야 돼.'

성난 아이

오늘 아침도 아파트 정문 입구에 빠끔히 내민 어린이집 버스의 앞머리가 보였다. 어린이집 선생님은 목을 길게 빼고 내가 나오길 기다리고 있었다. 꿈나라 어린이집 버스는 아침마다 오는 버스 중에 제일 크다. 버스 몸집이 큰 것도 나는 눈치가 보였다. 늘 아파트 입구 반을 막고 서니 그 주변을 지나는 차들의 시야도 좁아질 수밖에 없었다. 나는 버스 앞으로 가기도 전에 멀리 보이는 어린이집 선생님에게 인사부터 했다. 우선 나왔다는 것부터 알리면 조금은 덜 미안할 것 같았다. 숨을 헐떡거리며 목소리를 높였다.

"선생님, 헉헉! 안녕하세요!"

내 목소리가 들리지 않았을 텐데도 입구만 뚫어져라 보고 있던 어린이집 선생님은 내게로 뛰어오며 말했다.

"서우야, 천천히 와. 넘어져."

어린이집 선생님은 누구보다도 내 급한 마음을 잘 아는 분이다. 선생님과 나는 매일 화내는 아줌마가 누구보다도 두려운 존재가 되었다.

역시나 그 아줌마가 곁눈으로 비스듬히 보였다. 서준이는 내 마음을 아는지 모르는지 오늘따라 할 말이 많았다. 마음이 급한데 웅얼거리는 말에 대꾸해 주어야 했다. 도대체 무슨 소린지 모르겠지만 쉬지 않고 말했다.

"서준아, 뭐? 응응, 알겠어. 가기 싫다고? 미안해! 형아가 미안해."

나는 동문서답일지 모르는 말을 계속했다. 동생은 그러면 그럴수록 더 크게 웅얼거렸다. 서준이는 다른 애들보다 말도 느려 잘 알아들을 수 없었다.

"형아, 빠빵! 음마!"

"어린이집 가기 싫다고? 형아가 금방 데리러 갈게."

서준이는 어디가 불편한지 팔을 위로 뻗으며 몸을 젓혔다. 그 바람에 끼었던 손깍지가 풀어졌다. 재빠르게 서준이를 잡았다.

"어어, 서준아!"

나는 가슴이 철렁한 데 서준이는 앞뒤로 몸을 흔들었다. 서준이를 놓치는 줄 알았다. 순간적으로 등에 진땀이 쭉 솟았다. 어린이집 선생님이 내 앞으로 뛰어와 서준이를 받아 안았다.

"에고, 기분이 안 좋아요? 우리 서준이가……."

어린이집과 유치원에 가려고 아이 손을 잡고 서 있는 엄마들이 나를 빤히 쳐다봤다. 그러고는 동정하는 눈빛으로 말했다.

"에고, 애기가 애기를 안고 있네."

나는 또 지금보다 키가 컸더라면 생각했다. 그랬더라면 최소한 애기란 소리는 안 들을 텐데. 불행하게도 나 또한 또래보다 한참 작다. 중학교 가면 훌쩍 클 거라는 말도 내게는 예외였다. 간혹 잠깐만이라도 서준이를 안아 주겠다는 사람도 있었다. 하지만 나는 절대 동생을 넘겨주지 않았다. 어떤 아줌마는 나에게 길 잃은 아이 집 찾아 주려는 것처럼 이것저것 캐물었다. 심지어 우리 엄마를 직접 만나 이야기하려고까지 했다.

"너희 엄마 어디 계시니? 집은 어디니? 몇 동 살아? 아니 엄마는 어디 있는데 네가 아기를 데리고 나와? 엄마 어디 계셔? 응? 엄마는 뭐 하고……?"

나는 아주 단호하게, 최대한 차분하고 태연한 목소리로 대답했다.

"우리 엄마요? 엄마는 회사 가셨지요."

나는 요즘 이런 거짓말 따위는 쉬웠다. 집에 누워 있는 엄마를 생각하면 미안했다. 그래도 이렇게 말해야 빨리 말을 자를 수 있다. 회사에 갔다고 하면 다시는 물어보지 않았기 때문이다. 이런 말들이 나를 힘들게 하는 줄 저 아줌마들은 모를 것이다. 정말 내가 걱정되어 한 말이라면 큰 착각이고, 내게는 전혀 도움 안 되는 말이었다.

겨우 서준이를 넘겨주고 났더니 내 웃옷은 배꼽이 보일 만큼 올라가 있었다. 나는 옷을 내리지 않고 얼굴 위까지 끌어올렸다. 이마에 흐른 땀을 닦을 셈이었다. 옷이 코끝에 닿는 순간 우유 냄새가 비릿하게 났다. 옷 짜임 사이로 바깥 모습이 보였다. 서준이를 태운 어린이집 버스는 저만치 멀어져 갔다. 괜히 눈물이 났다. 눈물과 땀이 뒤범벅돼 얼굴을 닦으려 할 때였다. 그때 눈앞에 손 하나가 불쑥 튀어나왔다. 나는 옷을 내리지 못하고 위를 봤다. 바로 그 아줌마였다.

"그렇게 옷으로 문지르면 그 옷이 뭐가 되겠니? 학교 가려는 애가……. 자, 이것으로 닦아."

배꼽을 내놓고 있는 내 모습을 어쩐다지? 머뭇거리다 스르르 옷을 내렸다. 다시 내 얼굴 앞으로 또 손수건을 내밀었다.

"자!"

당황한 나는 그대로 학교 방향으로 몸을 돌려 말했다.

"괜찮아요! 필요 없어요."

그래도 아줌마는 나를 또 불렀다.

"근데 얘, 너희 엄마는 뭐 하고 왜 매일 네가 아기를 데리고 나오니?"

'어휴, 저 소리……!'

나는 마치 날카롭게 발톱을 세운 고양이로 돌변해 할퀼 듯이 말했다.

"아줌마가 뭔 상관인데요? 우리 엄마가 왜 그렇게들 궁금한데요? 회사 갔다고 방금 전에 말했잖아요."

"어머, 얘! 뭔 상관이라니? 어린이집 버스가 아침마다 너 때문에 얼마나 피해를 보는지 몰라서 묻니? 그나저나 너……, 너 몇 살이니? 아, 아…아니 이름이 뭐야? 안 되겠구나. 중학생쯤 되면 예의라는 것은 알 나이 아니니? 말 나온 김에 네 부모를 만나야겠다. 어른이 묻는데 버릇이 없어도 한참 없는 아이네."

"엄마는 뭐 하냐고 묻는 건 우리 엄마를 안 좋게 보는 거잖아요? 그리고 아줌마가 먼저 불친절하게 말씀하셨거든요? 제가 제 동생 돌보는데 뭐가 이상한 일이에요?"

"어머, 얘 또박또박 말대답하는 것 좀 봐. 매일 네가 늦게 나오니까, 아침마다 내가 지나가야 할 길을 어린이집 버스가 막고 있는 거잖아! 그 일을 엄마가 하면 그렇게 늦지 않을 거잖아. 근데 왜 어린 네가 하냐고? 얘 봐라. 아주 당돌하기 짝이 없는 아이네."

"알겠어요. 내일은 일찍 나온다고요!"

학교 가기도 전에 기운이 쭉 빠져 버렸다 서준이 웅얼대는 소리가 아직도 귓가에 가시기도 전에 씨름을 한판 한 기분이었다. 왜 사람들은 엄마를 궁금해하지? 나는 바빠서 누구도 궁금해할 틈이 없는데……. 정말 마음에 안 드는 아줌마라고 생각했다.

그때 맞은편에서 웬 꼬마들이 환히 웃으며 다가왔다. 처음에는 나를 보고 오는 줄 알았다. 그건 내 착각이었고, 그 애들이 부르는 사람은 따로 있었다. 궁금한 사람처럼 나는 뒤를 돌아봤다. 다름 아닌 그 아줌마였다. '저 사나운 아줌마를 부르는 아이들이 있다니…….' 생각했다.

"이모!"

"우아! 아래층 이모다."

아이들은 방실방실 웃었고, 그 아이들 엄마는 아주 난처해 보였다.

"아니, 내가 왜 너희 이모니? 요즘 애들은 촌수가 엉망이야. 아무나 이모고, 아무나 보고 삼촌이라네. 도대체 애들 교육을 뭘 시키는 건지. 쯧쯧쯧!"

아이들의 미소를 한 방에 날려 버리듯 아줌마는 몸을 돌려 쏘아붙였다.

"애들 좀 제발 조용히 시켜 줘요. 벼락 치는 소리에 나는 트라우마가 생길 지경이라고요. 아니, 말 나온 김에 혹시 자동차 같은 거 사 줬어요? 바닥 긁어 대는 통에 내 머리가 흔들거려요. 이제 조용히 해 달라고 올라가 사정하는 것도 지친다고요."

절절매던 아이들 엄마가 말했다.

"죄송해요. 아이들이 어려서 말을 해도 소용이 없어요. 주의시키겠습니다."

아이들 엄마는 조금 전 떠난 어린이집 선생님처럼 잔뜩 움츠린 채 인사를 여러 번 했다. 왜 아이들 엄마가 절절매는지 짐작이 갔다. '확실히 저 아줌마는 아이들을 싫어하는 걸 거야.'라고 결론을 내렸다. 뒤돌아 걸어가는데도 그 아줌마의 말소리는 나를 쫓아왔다. 그들의 대화만 들어도 무슨 이야기인지 알 것 같았다.

또다시 귀청이 떨어질 듯 울리는 '빵빵' 소리에 뒤를 돌아보았다. 또 그 아줌마인가? 이번에는 아니었다. 아줌마 차 뒤에 멈춘 어떤 아저씨였다.

"어이, 아줌마! 길 막고 서서 뭐 하는 거예요? 지금……. 아침에 바빠 죽겠는데, 얼른 차 빼요! 요즘에 경우 없는 사람들이 왜 이리 많은 거야? 하마터면 아침부터 부딪칠 뻔했잖아, 이 사람아!"

아저씨는 아줌마에게 크게 소리쳤다. 아줌마는 꽁지 빠지게 도망치듯 차를 탔다. 내 옆을 지나는데 내 쪽은 보지도 않고 가 버렸다.

오늘 있었던 일을 만일 엄마가 안다면 분명히 내가 무조건 잘

못했다고 말할 것이다. 엄마는 늘 어른들에게 공손하라고 말한다. 행여 버릇없는 아이라는 소리를 들으면 안 된다고 했다. 뒤돌아 가는데 아줌마 말이 머릿속을 돌아다녔다. 엄마는 나를 절대 잘못 키우지 않았다. 엄마는 지금 아파서 나와 내 동생을 돌볼 수 없는 것뿐이다.

정말 힘들 때는 내가 아직 어리다는 것조차 나를 속상하게 만들었다. 내가 지금보다 더 커서 서준이를 번쩍 안아 올릴 힘이 있으면 좋겠다. 엄마를 일으켜 앉힐 때도 가볍게 하고 싶었다. 그럴 수 있다면 엄마가 내게 "미안해."라는 말을 지금보다 덜 할지 모른다.

점심시간에 급식실로 가는 길이었다. 아침에는 바빠서 밥 먹을 짬이 나지 않았다. 배에서 오래전부터 꼬르륵 소리를 내던 터였다. 걸음이 점점 빨라지고 있었다. 그때 매일 나를 놀리는 애들 중 하나가 내 등을 세게 밀치고 뛰어갔다. 곧이어 또 한 아이가 똑같이 치고 갔다. 연달아 네 명이 나를 치고 가 결국 넘어지고 말았다. 엎어진 나는 히죽거리며 가는 아이들을 바라봤다. '울면 안 돼. 내가 울면 쟤네는 더 재미있어할 거야.'라고 생각하며 이를 악물었다.

오늘은 그래도 운이 좋은 편이었다. 나를 넘어뜨리는 과정을 교감 선생님이 본 것이다. 교감 선생님이 네 명을 불러 복도 한구석에 세웠다.

"너희들 이리 와! 왜 멀쩡히 가는 아이를 넘어뜨리니? 아주 못된 짓을 하는구나. 일부러 계획적으로 넘어지게 만들다니……. 너희들 모두 나란히 벽 쪽으로 붙어 서라. 왜 이런 장난을 했니?"

"그냥요."

나는 설마 대 놓고 그런 대답이 나올 줄 몰랐다. 교감 선생님도 기막힌 듯 다시 물었다.

"뭐라고? 그냥이라니……. 잘못했으면 사과가 먼저고, 모르고 했어도 지금 상황은 사과해야 맞다. 그냥이라는 말은 괴롭히려고 처음부터 작정했다는 말이구나. 그렇다면 간단히 끝날 일이 아니다."

교감 선생님은 내게 다가와 나를 일으켜 세워 주고 옷까지 털어 주었다. 내 옷 앞자락에 묻은 허연 우유 얼룩까지 아무렇지 않게 털어 주었다.

"괜찮니? 걸어서 보건실에 갈 수 있겠니?"

나는 고개부터 저었다. 왜냐하면 울컥 울음이 날 것 같았기 때문이다. 배고픈 터에 당한 일은 나를 더 서럽게 만들었다.

"아니요, 다친 데 없어요. 보건실 안 가도 돼요."

"다행이구나. 그럼 어서 가서 점심 먹어라. 그리고 너희들은 밥

보다 교무실로 먼저 가자."

나는 벽 쪽에 붙어 서 있는 아이들 앞으로 지나갔다. 그중에 한 아이가 눈을 치켜떴다. 나는 눈을 피하지 않고 뚫어지게 바라봤다. 그 아이는 바로 눈을 내렸다. 점심시간이 끝나고 5교시가 시작되기 전에 담임 선생님이 아까 나를 넘어뜨린 아이들을 불러 세웠다.

"이 녀석들, 선생님이 왜 불렀는지 알고 있니?"

아이들은 서로 눈짓을 하며 입을 벌리지 않은 채 웅얼거렸다.

"아, 저 자식 때문에 또 꼰대질 들어야 하잖아. 아휴, 짜증 나."

"대답 안 할 거니?"

"잘못했어요."

그 목소리는 장난스럽게 들렸다.

"바르게, 진심으로 말해라. 그리고 사과는 나한테 할 게 아니지?"

담임 선생님은 친구들 사이에서 괴롭히는 행동은 절대 눈감아 주지 않겠다고 선언하였다. 아이들은 못마땅한 듯 내게 와 사과했다. 선생님이 안 보는 사이에 한 아이는 내게 혀를 내밀고 갔다. 앞으로 더 날 괴롭힐 테니 두고 보자는 뜻으로 보였다. 그 모습은 보는 것만으로도 진절머리가 났다.

수업이 끝나면 우리 반에서 교실 문을 제일 먼저 나서는 사람이 나다. 하지만 오늘은 집을 서둘러 가지 않고 운동장 벤치에 우두커니 앉아 있었다. 아침 풍경이 기차처럼 지났다.

"엄마, 다녀올게. 밥상 차려 놨으니까 천천히……. 어이쿠! 서준아!"

반쯤 뒤돌아 말하는 찰나였다. 눈 깜짝할 사이 서준이는 현관문 모서리에 머리를 찧고 말았다. 서준이의 울음보가 터져 버렸다.

"서준아, 형이 미안, 미안! 많이 아팠지? 호호! 호호!"

그렇다고 엄마가 나를 도와줄 수 없다. 그냥 고개만 돌려 힘없이 바라볼 뿐이었다. 그럴 때면 나는 엄마를 오히려 위로한다.

"엄마, 내가 덤벙대다 그만 살짝 찧었어. 서준이 괜찮아!"

코끝을 찡긋하며 엄마와 눈을 맞췄다. 힘없이 웃어 주는 엄마래도 나는 반가웠다. 동생 때문에 엄마에게 말하는 것조차 힘들다. 매일 반복하는 말이지만 끝까지 말하지 못하기 일쑤다. 아픈 엄마는 대답조차 어렵다. "그래, 잘 다녀와!"라는 말이 들려오지 않을까 해서 뒤돌아갈 때면 매일 뒤통수가 굼실거린다. 엄마는 나의 바람과는 점점 멀어지는 것 같다. 엄마는 금방이라도 꺼질 듯 깜박깜박하는 촛불과 같았다.

"으……응!"

뛰어오를 듯 기뻤다. 방금 전 엄마가 대답한 거 맞지? 나는 한

마디를 덧붙였다.

"히히히, 엄마, 사랑해!"

서준이 울음에 묻힐 뻔했다. 양손을 번갈아 가며 살살 서준이 엉덩이를 토닥이며 걸었다. '다행이다, 다행이야.'

매일 아침 주문처럼 말한다. '엄마, 파이팅!'이라고. 오늘은 아무리 주문을 외워도 자꾸 밥 알갱이가 목에 걸린 듯 내려가지 않았다. 나도 모르게 한숨을 깊이 내쉬었다. 울던 서준이가 눈을 깜박깜박했다. 내 한숨이 깊었던 걸까? 땀에 젖은 서준이 앞머리가 들썩였다. '아차' 싶었는데, 서준이가 웃을까 말까 입을 씰룩거렸다. 한숨이 재미있는지 배시시 웃어서 또 한 번 입김을 불어 줬다. 한숨이 장난 입김으로 바뀌듯 지금 이 시간도 바뀌면 얼마나 좋을까! 서준이를 어린이집에 보내고 텅 빈 가슴을 자꾸 털어 내는 게 습관이 됐다. 서준이가 떠오를 때면 더 자주 손이 간다.

나는 다시 다짐한다. 아이들 괴롭힘 따위는 무섭지 않다고, 내가 정말 무서운 것은 정작 따로 있다고……. 나는 매번 엄마가 병원에 가서 영영 돌아오지 않을까 두렵다. 몇 달에 한 번씩 엄마는 입원했다. 그때마다 같은 말을 하고 갔다.

"서우야, 엄마 병원에 다녀올게. 이번에는 한 삼 일이면 올 거야. 잘 있을 수 있지?"

"응, 엄마! 당연하지. 몇 달 전에도 잘 있었잖아. 사회 복지사 선생님도 있고, 반찬도 갖다주니까 걱정 없어. 그리고 옆집 주연이 이모도 있고……. 엄마! 꼭 올 거지?"

그때마다 나는 힘껏 믿음직스럽게 말하려 애썼다. 그래도 엄마는 마음이 안 놓이는지 몇 번을 뒤돌아봤다. 서준이가 곤히 자고 있을 때면 눈물이 그렁그렁해졌다. 그럴 때면 나는 빠르게 눈을 깜박여 눈물을 삼켰다. 이런저런 생각을 하다 보니 꽤 오랜 시간을 앉아 있었다. 벌떡 일어나 엉덩이를 할 일 없이 털었다.

다른 아이들은 학교 수업이 끝나면 학원으로 간다. "어휴, 오늘은 학원만 네 개야." 하소연하듯 투덜투덜 학원으로 향한다. 매일같이 똑같은 아우성이다. 그 아이들과 처지가 다른 나는 서둘러 집으로 향했다. 엄마가 오늘 점심은 얼마나 먹었는지 살펴보아야 했다. 나도 가끔 집이 아닌 학원가는 아이들이 부러울 때가 있다. 그런 생각이 들 때면 나는 고개를 세게 흔들어 털어 냈다. '무슨 뚱딴지같은 생각이야? 얼른 집에 가자.' 하며 나를 재촉했다.

역시나 엄마는 내가 차려 놓은 밥을 몇 숟갈 뜨지 못했다. 병원에 다녀온 며칠은 마치 얇은 종이처럼 힘이 없었다. 금방 바람에 날아갈 것만 같았다. 나는 남은 죽을 전자레인지에 데워 조금이라도 더 먹게 했다. 그런 다음 밀린 설거지를 하고 세탁기를 돌리고 난 후 벽시계를 보았다. 시간은 정말 빠르게 갔다. 벌써 서준이가 올 시간이 다 되었다.

"엄마! 나, 서준이 데리러 나갔다 올게. 일어날 수 있으면 옆에 놓은 주스 좀 마시고 있어. 금방 올게. 알았지?"

어스름한 저녁 나는 시소 위에 혼자 앉아 서준이를 기다렸다. 아이들이 집으로 돌아간 놀이터는 텅 비어 고요했다. 위를 올려다보니 여기저기 집마다 불이 켜져 있었다. 열린 베란다 문 사이로 가족들의 도란도란 말소리가 들렸다. "○○야, 밥 먹어!" 아이를 부르는 소리도 들렸다. 왠지 쓸쓸한 마음이 파고들었다. 정문 쪽을 자꾸 돌아다보았다. 올 시간이 다 됐는데 어린이집 버스가 보이지 않았다. 저만치 다가온 어둠이 시소에 앉은 나를 지우며 천천히 내려앉고 있었다. 오늘따라 서준이가 오는 시간이 늦어졌다.

시소에 앉아 기다리던 나는 어느새 멍해져 갔다. 아침에 만난 그 아줌마가 내 옆에 서서 나를 바라보는지도 몰랐다. 고개를 돌리다 그 아줌마와 눈이 마주쳤다. 설마 어른이 돼서 유치하게 '너 잘 만났다.'며 따질 마음은 아니겠지? 말없이 나를 바라보니 더 두근거렸다. 그 생각을 하면서 나는 시선을 다른 곳으로 돌리지 못했다. 그때 나를 부르는 반가운 소리가 들렸다. 유난히 작은 소리로 불러 몇 번 만에 알아들었나 보다.

"서우야! 서우야! 서우야!"

서준이 어린이집 선생님이었다. 나는 우뚝 서 있는 아줌마를 피해 달려갔다. 서준이가 잠이 든 채 내게 안겼다. 선생님이 내 이름을 여러 번 부르는 소리에도 다행히 깨지 않았다. 나도 깨우지 않으려 선생님께 속삭이듯 인사했다.

"고맙습니다. 선생님!"

어린이집 선생님은 나보다 더 작은 목소리로 말했다. 가로등 불빛에 말하는 입 모양을 읽을 수 있었다.

"서준이 조금 전에 우유 먹고 자는 거야. 과일도 좀 먹었어. 안 깨면 좋겠다. 기저귀도 새로 갈았어. 잘 들어가, 서우야! 안녕."

나는 천천히 서준이를 안고 걸었다. 놀이터를 둘러봤는데 조금 전에 있던 아줌마가 보이지 않았다. 두리번거리다 저만치 앞서가고 있는 아줌마가 보였다. 아줌마 옆에서 어떤 아저씨가 웃는 얼굴로 함께 걸어가고 있었다. 아줌마 어깨를 감싸며 다정하게 말했다.

"당신이 당돌한 녀석을 제대로 만났군!"

"당돌한 게 아니고 맹랑한 거죠!"

"그래도 당신이 끝까지 안 한 것은 다행이네. 잘했어, 여보! 아, 배고프다. 빨리 갑시다. 지금 배고파서 금방 숨이 넘어갈 것 같아."

"당신은 매일 뭐가 그리 좋아요? 그렇게 만날 '허허허' 하기도 힘들겠네."

아줌마는 웃지 않았고, 아저씨는 뭐가 좋은지 계속 웃는 얼굴이었다. 아파트 등나무 옆 가로등 불빛에 두 사람의 모습이 환히 보였다. 나는 그 옆을 앞질러 지나와 살금살금 엘리베이터를 타고 올라갔다. 나는 속으로 '어! 저 아줌마도 여기 사나? 한 번도 못 봤는데…….' 생각했다. 서준이가 깨지 않고 잔다면 여러 가지 일을 할 수 있어 최대한 천천히 그리고 조용히 움직였다.

"서…우 왔니?"

엄마 목소리는 힘없이 작았고, 나는 서준이를 깨우지 않으려 속삭였다.

"응, 엄마! 서준이 자. 눕히고 나랑 밥 먹자."

엄마는 보일 듯 말 듯 미소를 지었다. 웃는 것도 힘이 들어서인지 그나마 길게 웃지 못했다. 엄마와 마주 앉아 밥을 천천히 먹었다. 나는 엄마 속도에 맞춰 먹었다.

"엄마, 많이 힘들어?"

"아니, 안 힘들어. 서우야! 엄마 때문에 네가 힘들지?"

"엄마, 인제 보니 앵무새구나? 내 말 따라 하잖아."

"호호호! 그런가?"

엄마 웃음은 바람 빠진 풍선 같았다. 이제 나는 점점 엄마를 웃기지 못하겠다. 예전에는 나 때문에 정말 많이 웃었는데……. 엄마는 원래부터 나와 친했던 것은 아니다. 엄마는 나를 낳고 어떻게 안아야 할지 무서웠다고 말한 적이 있었다. 엄마는 어릴 때 누군가에게 안겨 본 기억이 없다고 했다. 그러다 보니 나를 키우는 일이 모두 서툴렀다고 소리 죽여 말했다. 내가 어릴 때부터 엄마는 늘 바빴고, 엄마로 익숙할 시간이 없었다. 내게 말하는 것도, 무엇인가 만들어 먹이는 것도, 심지어 나를 야단치는 것까지…….

우리 엄마는 '밀알 보육원'에서 자랐다. 그곳이 엄마의 집이었다. 내게는 말하자면 외갓집이 된다. 엄마는 외할머니, 외할아버지의 얼굴을 기억하지 못한다고 했다. 보육원에서의 기억이 어린 시절의 시작이자 전부라고 말했다. 처음 그곳에 간 엄마는 거의 일 년 넘게 말을 안 해 벙어리라는 놀림까지 받았다고 했다.

"엄마, 왜 그때 말 안 했어?"

내가 언젠가 물은 적이 있었다. 오늘도 그때처럼 같은 말을 물었다.

"엄마는 왜 말은 안 하고 웃기만 해?"

그 말에 엄마가 또 피식 웃으면서 말했다.

"그 말, 예전에 많이 듣던 말이네."

엄마는 지금도 말보다는 몸짓으로 한다. 칭찬 대신 내 머리를 천천히 쓰다듬었다. 엄마는 늘 그랬다. 나는 다시 물었다.

"엄마, 그래서 언제부터 말했는데? 아예 말을 안 하고 지냈어? 어떻게 그러고 지낼 수 있었어?"

한참 생각하던 엄마는 그 시절로 돌아가는 듯 눈가가 촉촉해졌다.

"아, 밀알 보육원에서? 말 안 하고 지내는데, 어느 날 나하고 똑같은 아이가 들어왔어. 정희라고……. 금방 울 것 같은 아이가."

"아, 정희라면 설마 수다쟁이 정희 이모가? 헉, 그럴 리가!"

지금 정희 이모에게서 찾아볼 수 없는 모습이다. 내 말에 엄마는 한참을 웃었다. 오랜만에 제법 크게 웃었다. 옛적 추억이 떠오르는 양……. 정희 이모는 지금 엄마의 둘도 없는 친구다. 아니 친자매나 다름없다. 지금은 어엿한 미용실 원장님인 이모는 아주 밝은 성격이다.

"정희 이모한테 말 건 게 처음 말이었다고?"

"호호호! 아마도 입을 열어 말한 건 그때가 처음이었나 보다. 고개를 흔들어 '예, 아니오'라는 의사 표시는 했지만, 말로 한 것은 말이야. 정희 이모에게 엄마가 한 첫 마디가 뭐였냐면, 밑도 끝도 없이 '나도 네 마음이랑 똑같아. 괜찮아!'라고 했어."

나는 그다음이 궁금해서 엄마에게 물었다.

"그랬더니?"

"정희 이모가 막 울었어. 엄마도 같이 따라 울었고……."

엄마는 보육원에 간 충격으로, 말하는 것도 부모님 얼굴이나 옛집에 대한 기억도 모두 잊었다고 했다. 낯선 아이들이 백 명도 넘는 곳에 예고도 없이 뚝 떨궈진 게 너무 무서웠다고 했다. 누가 말을 시켜도, 누가 맛있는 것을 줘도 싫었단다. 원장님이 마음씨 좋게 다가와도 무서웠다고. 그러던 어느 날 자기랑 똑 닮은 모습의 아이가 오니 한없이 불쌍했다고 했다. 그날부터 둘은 어디든 꼭 함께 갔고 잡은 손을 놓지 않았단다. 나중에 기세가 역전되어 정희 이모는 엄마의 든든한 보디가드가 되었다. 안 봤어도 그 모습은 왠지 그려졌다.

엄마는 어릴 적 자신에게 엄마가 없었는데, 나에게도 좋은 엄마가 되어 주지 못했다고 자책하곤 했다.

"엄마가 얼마나 바보였냐면 네가 아기였을 때, 고기 주면 좋은 줄 알고 줬다가 혼난 적도 있었어."

"누구한테 혼나?"

"혼날 사람이야 많지. 원장 할머니도 있고, 옆집 아줌마도 있고……."

엄마는 어른이 되어도 배울 게 참 많다고 했다. 또 이 말을 늘 입버릇처럼 말했다.

"엄마는 오래오래 건강하게 살 거야. 우리 서우, 서준이 결혼하는 것도 보고……."

나는 울려는 엄마를 웃기기 위해 내게는 아주 치욕적인 얘기를 꺼냈다.

"엄마, 엄마! 당연한 얘기를 왜 해. 엄마, 그거 기억나? 내가 정희 이모네에서 하룻밤 자고 온다고 한 날……. 낮에는 신나게 놀다가, 밤 되니까 엄마가 너무 보고 싶어서 집에 간다고 울었잖아. 오줌을 참고 왔다가 집에 도착해 엄마를 보자마자 울면서 오줌 쌌잖아. 그때 내가 초등학교 4학년 때였어. 하하하!"

웃기려고 한 말인데 미안하게 엄마를 울리고 말았다. 아니 나도 엄마를 끌어안고 엉엉 울었다. 엄마와 나는 서로의 의지였던 것이다. 엄마는 나와의 약속을 어쩌면 지키지 못할지 모르겠다. 오늘은 서준이가 자는 덕분에 엄마와 간만에 긴 이야기를 나눴다.

텅 빈 자리

수업이 끝나자 나는 재빨리 가방을 메고, 제일 먼저 교실 문을 나섰다. 서둘러 나와서도 더 빨리 걸으려고 걸음을 스스로 재촉했다. 학교에 있는 동안 불안한 마음이 자꾸 눈덩이처럼 불어났기 때문이다. 집 앞에 막 도착했을 때였다. 계단 쪽에 난 창문 밖을 내다보는 남자가 보였다. 바로 펭귄 샘이었다. 주민자치센터 사회 복지사다. 내가 먼저 인사를 했다.

"헉헉, 안녕…하…세…요?"

내 숨찬 목소리에 뒤를 돌아보며 펭귄 샘이 말했다.

"박서우! 숨넘어가겠다. 어휴! 오늘도 서둘러 왔구나? 우선 숨 좀 돌리자. 자자!"

펭귄 샘은 자기 양팔을 올렸다 내렸다 하며 숨을 골랐다. 나는 그 모습에 빙그레 웃었다. 펭귄 샘은 벌써 몇 년째 우리 집을 돌봐 주고 있었다. 나를 처음 만났을 때부터 자기를 '펭귄'이라고 부르라고 하였다. 그때는 왜 그렇게 불러야 하냐고 물어보지 않았다. 펭귄 샘이 알아서 말해 주었다.

"난 황제펭귄을 아주 좋아해. TV 다큐멘터리에서 암컷 펭귄이 먹이를 잡아 돌아올 때까지 수컷 펭귄이 발 위에 알을 얹은 채 눈보라를 맞고 서 있는 모습을 보았거든. 사람도 그런 희생이 가능할까 반문해 본 적이 있었어. 내가 사회 복지사가 되어 남의 어려움을 외면하지 말자 다짐했었지. 하하하! 너무 거창하지? 하지만 처음 마음처럼 잘되지 않아. 그럴 때마다 누군가가 나를 '펭귄'이라고 불러 주면 정신이 번쩍 날 때가 있거든. 나태해지지 말고, 내가 할 수 있는 일을 찾아서 하려고 노력해."

펭귄 샘은 자신의 말을 한 후 머리를 긁적였다. 그리고 쑥스럽게 웃어 보였다. 그 후 샘은 나와 우리 집을 보살펴 주었고, 마치 친형 같았다.

"반찬 배달은 잘 오고 있니?"

"네. 잘 와요."

"맛은? 엄마는 잘 드시니?"

펭귄 샘이 "맛은?" 하고 묻는데 '맛있다고 할까, 맛이 없다고 할

까' 망설여졌다. 솔직히 맛이 없어도, 맛이 있어도 할 수 없는 일 아닌가! 그나마 반찬 봉사 덕분에 내 일이 덜어졌으니 그것만으로도 고마워할 일이다. 하지만 펭귄 샘은 그 물음을 자주 한다. 나라에서 주는 복지도 올바르게 받아야 한다고 말했다. 대답을 선뜻 못 하는 내게 다시 말했다.

"할 말 있으면 꼭 해라. 혹시 상한 것은 없는지 잘 살펴야 하고, 알겠지?"

"지금은 덥지 않아 괜찮아요."

"이런 날은 잘 데워 먹어. 알겠지? 아 참, 다다음 주에 캠핑 가는 게 있는데 가 볼래? 좋은 프로그램이 많던데……."

"엄마랑 서준이는 어떻게 하고요?"

"그건 걱정하지 마. 내가 누구니? 사회 복지사 황제펭귄이잖아. 돌봄 서비스 신청해 줄게. 그 문제만 해결되면 가는 거지? 놀이 상담 프로그램도 있다니까 도움이 되면 좋겠구나."

우리는 늘 이렇다. 계단에 서서 펭귄 샘이랑 얘기가 길어진다. 한참을 얘기하던 끝에 하는 말도 늘 같다.

"우리는 남자들이 참 수다가 길다. 그치? 얼른 어머니 좀 뵙자."

나는 그 말에 정신이 번쩍 나 서둘러 문을 열었다. 나는 집 현관문을 여는 것과 동시에 엄마를 불렀다.

"엄마! 나 왔어."

"어……, 왔어?"

뒤이어 펭귄 샘이 인사를 했다.

"어머니, 저도 왔습니다. 몸 좀 어떠세요? 아아, 아니 그냥 누워 계세요."

애써 일어나려는 엄마를 펭귄 샘이 다가가 말렸다. 나는 매번 집 안에 발을 디딜 때마다 긴장한다. 엄마의 목소리를 듣고서야 온몸에 힘이 '쭉' 풀린다. 풀리는 힘을 따라 등에서 땀줄기가 이어 흘러내렸다. 집으로 돌아오는 동안, 현관 비밀번호를 누르는 동안 나쁜 상상을 한 탓이다. 걸어오는 내내 마음속으로 빌었다. 그런 날이 제발 오지 않기를……. 엄마는 말리는데도 기어이 일어나 벽에 몸을 기댔다.

"아, 오셨어요? 일어날 힘은 있어요, 선생님! 매번 고맙습니다. 서우야, 잘 다녀왔어?"

엄마는 펭귄 샘 한 번, 나 한 번 번갈아 보며 인사했다. 곁에 앉은 내 머리를 쓸어 주며 여린 미소를 띠었다. 그 모습을 보던 펭귄 샘이 한껏 목소리를 높여 물었다.

"어머니, 식사는 좀 하셨어요?"

그 말에 샘과 나는 아침에 차려 놓고 간 밥상으로 눈길이 돌아갔다. 몇 숟갈 먹지 않은 그릇이 그대로 눈에 들어왔다.

"예, 많이 먹었어요. 우리 서우가 잘 차려 주고 가니까……."

펭귄 샘은 엄마 말을 잘 받아 말해 준다.

"그럼요, 잘 드셔야지요. 잘하셨어요. 우리 서우 같은 아들 둘도 없지요? 저도 나중에 결혼하면 서우처럼 든든한 아들이 생기면 좋겠습니다. 서우 왔으니까 아드님하고 조금만 더 드세요."

샘은 엄마와 몇 마디 나누고, 부엌과 보일러실을 꼼꼼히 둘러본 후 돌아갔다. 엄마는 내게 말을 걸었다.

"서우야, 오늘 바깥……날……씨 어때? 친구는 많이 사귀고?"

"이제 조금만 있으면 벚꽃이 필 거라는데……. 오늘은 조금 추웠어. 엄마! 빨리 꽃이 피면 좋겠지? 서준이랑 엄마랑 벚꽃 보러 가게. 우리 예전에 천변 벚꽃 터널 걸었던 거 기억하지? 예뻤잖아, 그치? 우리 꼭 다시 가자, 엄마……. 친구? 친구야 많지. 내가 누구야? 엄마, 이래 봬도 마당발이야. 친구 많이 생겼어. 걱정 마, 엄마!"

엄마는 내 말에 얼굴이 환해졌다. 나는 속으로 '참 잘 말했어.'라고 생각했다. 마음 한쪽이 텅 비는 것 같은 것은 어쩔 수 없었지만…….

엄마와 보자고 약속했던 벚꽃이 활짝 피었다. 햇살은 눈부시게 반짝이고 있었다. 달리는 차창 밖으로 벚꽃 꽃잎이 바람에 눈송이처럼 날렸다. 나는 정희 이모 차를 타고, 내 무릎 위에 서준이를 앉힌 채 어디론가 달려가고 있었다. 혹시나 서진이가 울까 봐 무릎을 올렸다 내렸다 반복하며 얼렀다. 창문을 열었다. 서준이는 바람을 참 좋아한다. 지나는 바람에 눈을 뜨지 못하고 행복한 듯 웃었다. 아직은 바람이 차 감기가 들까 봐 살짝 걱정되었다.

"아호! 꽃잎이 막 날리지, 서준아! 그렇지? 봐 봐."

나는 입을 꾹 다물고 있었고, 정희 이모가 쉬지 않고 말했다.

"읍, 푸우!"

정희 이모도 힘든지 길게 입에서 긴 바람을 밀어냈다. 차는 길가 한 장례식장 주차장에 멈춰 섰다. 학교에서 현장 학습을 갈 때면 지나던 길이었는데 나는 이곳을 한 번도 본 적이 없었다. 오늘 처음 눈에 들어왔다. 큰 화환이 연이어 트럭에서 내려지고, 검은 옷을 입은 사람들이 여기저기서 오가고 있었다. 나는 이 믿기지 않는 모습이 점점 현실로 다가오고 있었다. 이모가 힘겹게 밀어내는 유리문처럼 내 마음도 무거웠다. 유리문을 열자 정면 모니터에 엄마 얼굴이 정말 크게 들어왔다. '분향실 101호 故 이은주, 만 42세' 그 아래 내 이름과 서준이 이름도 보였다.

정희 이모가 터져 나오는 울음을 참으려 입술을 깨물었다. 하지만 애를 써도 '끅끅' 소리가 불거지듯 튀어나왔다. 이모를 따라 101호로 들어가니 한 아저씨가 바닥에 앉아 국화를 꽂고 있었다. 반원으로 된 스티로폼 위에 국화와 백합이 꽂혀 있었고, 가운데는 사각형으로 비어 있었다. 아저씨는 이것을 분향대 위에 올리더니 엄마 사진이 든 액자를 그 안에 넣었다. 평소 국화꽃을 좋아하던 엄마였는데, 오늘은 국화 속에 엄마가 있다. 아저씨는 바닥에 떨어진 국화 꽃잎과 잎사귀를 부지런히 줍더니 나갔다. 언젠가 엄마 사진을 보고 엄마랑 나눴던 말이 떠올랐다. '우리 엄마 참 예쁘다.' 그때 엄마는 나를 끌어당겨 품에 안으며 말했다. '서우야, 예쁘니? 엄마……가.' 나는 허공에 뿌리듯 예전에 한 말을 다시 했다.

"우리 엄마 참 예쁘다."

"예쁘니? 엄마……가."

오늘은 엄마 대신 정희 이모가 내 말을 받아 주었다. 그날 내게 엄마가 말한 것처럼……. 나는 우두커니 서준이를 안고 벽에 기대앉았다. 얼마나 지났을까 정희 이모가 벌떡 일어났다. 입구 쪽으로 부지런히 걸어가면서 누군가를 맞았다.

"원장님, 오셨어요?"

옆으로 고개를 돌려 보니 밀알 보육원 원장 할머니가 들어오고 있었다. 손수건으로 입을 가리고 들어왔다. 검은 옷을 입어서인지 오늘따라 원장 할머니의 흰머리가 더 희게 보였다. 여전히 조용하고 침착한 목소리로 정희 이모에게 말을 건넸다.

"어, 그래. 정희야! 네가 수고가 많구나."

원장 할머니가 내 곁으로 다가왔다. 내가 일어나려고 할 때 원장 할머니는 재빨리 걸어와 내 앞에 한쪽 무릎을 굽혔다. 그런 다음 내 머리를 품에 안고 쓰다듬었는데 작은 떨림이 느껴졌다.

"할머니!"

"그동안 서우가 애썼는데, 조금만 더 버텨 주지, 조금만 더 있다 가지……."

나는 원장 할머니의 말을 듣고도 실감 나지 않았다. 꿈만 같았다. 원장 할머니가 내 머리를 감싼 틈 맞은편에 있는 한 사람과 눈이 마주쳤다. 나는 순간 화들짝 놀랐다. 정면에 보이는 저 아줌마! 우리 아파트에 사는 깡마른 그 아줌마……. 매일 노란 버스와 실랑이하던 바로 그 아줌마였다. 머리에 수건과 위생 마스크를 했어도 첫눈에 알아볼 수 있었다. 아줌마도 나와 눈이 마주치자 얼른 다른 곳으로 눈을 돌리지 못하고, 마치 얼어 버린 사람처럼 나를 바라봤다. 그래도 눈을 먼저 돌린 것은 아줌마였다. 괜히 큰 통 뚜껑을 열어 긴 국자를 '휘휘' 저었다. 원장 할머니가 엄마 영정 사진을 바라보며 말했다.

"은주야, 그렇게 고단했니? 서우랑 서준이 놓고 그리 바삐 가다니. 아이고, 가여워서 어쩐다니? 고생만 하다 좋은 시절 한번 못 지내고, 가여워서 어쩌니? 널……."

원장 할머니의 흐느낌은 점점 커졌다. 평상시 말소리도 조용조용하던 원장 할머니가 그렇게 큰 소리로 우는 것은 처음 봤다. 그 와중에 장례식장에서 일하는 아줌마들의 목소리가 들려왔다.

"에고, 저 일을 어째? 아주 한창 젊은 사람이 갔나 보네. 젊다, 젊어! 저 사진 좀 봐. 참, 사람 일은 알 수가 없어. 태어나는 순서는 있지만, 죽을 때는 그 순서가 없다니까."

"어머, 어린애들을 남기고 갔나 보다. 쯧쯧쯧! 거기다 아기까지……. 어찌 눈을 감고 갔을까나?"

"그러게. 어린애들 눈에 밟혀 어찌 발이 떨어졌을까? 큰아들인가? 똘똘하니 여물게도 생겼다. 제 동생을 품에서 잠시도 안 내려놓네. 제 동생 안은 모습 봐. 야무지네, 어린애가."

아줌마들은 말을 마치기가 무섭게 하나둘 눈물을 찍어 내기 시작했다. 그중에 그 아줌마만 울지 않았다. 잠시 후에 어떤 한 아줌마가 다가와 원장 할머니에게 말했다.

"저기, 할머니! 오셔서 식사 좀 하시죠."

그 말에 원장 할머니는 의아하게 고개를 돌려 보았다. 눈이 마주치자 방금 전 말한 아줌마 얼굴이 조금 난처한 듯 얼굴이 빨개졌다. 괜히 곤란해진 아줌마가 말을 이었다.

"저기, 친할머니세요? 아님 외할머니신지……."

아줌마는 당황한 듯 말끝을 흐렸다. 원장 할머니는 그 말에 엄마와의 관계를 대답하지 않았다. 식사도 하는 둥 마는 둥 한 할미

니는 나와 함께 한참을 같이 있다 돌아갔다. 그사이 찾아오는 사람은 아무도 없었다. 밤이 늦도록 엄마 또래로 보이는 아줌마들 몇몇이 찾아온 게 전부였다. 늦은 밤이 되니 원장 할머니가 다시 찾아와 나와 함께 밤새 엄마 곁을 지켰다.

그다음 날 점심쯤 할머니에게 한 아줌마가 와서 말했다. 어제는 할머니라고 불렀었는데 오늘은 호칭이 선생님으로 바뀌었다.

“저기 선생님! 오시는 분들도 없어 음식을 가장 조금 주문하기는 했어요. 이제 음식과 저희도 필요 없을 것 같네요.”

친할머니인지 외할머니인지 물어도 대답이 없었던 터였는데 그 물음에는 달랐다. 원장 할머니는 아주 단정한 말투로 말했다.

“아니요, 그냥 어제처럼 하시죠. 아까운 나이에 간 것도 가여운데 그나마 아주머니들까지 없으면 얼마나 더 썰렁하겠어요? 식사도 하시고, 죄송하지만 저 아이한테 때 되면 밥도 좀 챙겨 주시고요. 저는 하는 일이 있어 잠시 후 갔다가 다시 와야 할 형편이거든요. 딱히 부탁할 사람이 없군요. 제가 올 때까지 부탁드립니다.”

아줌마들끼리 조용히 수군대는 소리가 들렸다. 오는 사람들도 없으니 이상해 보일 만도 했을 것이다.

“저 아이 엄마가 고아였다는구먼, 글쎄. 삼 일 내내 온 그 노인은 친할머니도 외할머니도 아니고 말이야. 저 애 엄마가 있던 보육원 원장님이라네.”

사람들은 남의 얘기가 정말 궁금한가 보다. 어느새 나와 엄마에 대해 그리고 원장 할머니를 대충 꿰맞추고 있었다. 나는 그 말에 속이 상한다거나 화가 나는 것도 없었다. 나는 엄마가 이제 없다는 사실만으로 다른 생각이 비집고 들어올 틈이 없었다. 서준이가 국화 한 송이를 가져와 꽃잎을 하나하나 떼서 내 손바닥에 올려놓고 있었다. 한 잎 한 잎 옮겨지고 있는 그때, 익숙한 목소리가 날카롭게 들려왔다.

"아니, 지금 웃음이 나와? 아무리 남의 일이라고 가볍게 또 함부로 얘기하는 건 좀 아니지 않아? 남의 얘기가 뭐가 그리 궁금하다고……."

그 말의 주인공은 다름 아닌 그 아줌마였다. 아침마다 자기 앞길을 왜 막느냐고 소리치던 사람이었다. 다른 사람도 아닌 그 아줌마가 지금 내 엄마 얘기를 함부로 한다고 나무라고 있었다. 무안해진 아줌마 하나가 발끈해 또 말했다.

"어머, 말한 사람 무안하게……. 그러기로 말하면 자기도 뭘 그리 예민하게 받아? 나는 그냥…… 그렇다는 거야."

"여기서 한두 번 일하냐고? 죽는 사람들 다 사연 있지. 없는 사람 어디 있어?"

목소리가 점점 커질 것 같으니까 그중에 제일 나이 많은 아줌마가 나섰다.

"그래, 예원아! 네가 갑자기 발끈하니까 나도 듣기가 좀 그렇다. 우리가 남의 일 재밌어하는 건 아니잖니? 까놓고 우리는 여기서 이런 일 저런 일 한두 번 보는 거 아니고 말이야. 남의 일인데 네 일같이 발끈하니까 누구 편드는 게 아니고 좀 그렇다."

'저 아줌마 이름이 예원이구나.'라고 속으로 생각했다. 그 말을 하면서 아줌마는 내가 있는 쪽으로는 눈길도 주지 않았다. 노란 버스와 실랑이하던 그때처럼……. 내가 안 보는 사이 나를 바라볼지도 모른다고 생각했다. 괜히 마음이 쓰이는 것은 왜일까? 아줌마 말이 내 귀에 크게 들렸다.

이른 저녁이 되자 정희 이모가 왔다. 예원 아줌마가 우리에게 서둘러 밥을 차려 줬다. 어이없는 일이지만 그 밥이 얼마나 맛있었는지 모른다. 그걸 눈치라도 챈 듯 쌀쌀맞은 목소리가 들려왔다.

"국 더 줄까?"

내 앞에서 같이 먹던 정희 이모가 아닌 예원 아줌마가 물었다. 텅 비어 버린 국그릇을 내려다보다 고개를 흔들었다. 솔직히 하마터면 '네!' 할 뻔했다. 나는 밥이 너무 맛있었다. 엄마가 없는데도 정말 희한한 일이다. 서준이도 입이며 코에 밥풀을 붙이고 받아먹었다.

장례식장에 잠깐 있던 며칠 사이 필요한 물건이 하나둘 생겨났다. 원장 할머니가 일찍 떠난 엄마를 위해 찾아오는 사람은 없어도 장례 기간은 삼 일로 고집했다. 서준이를 데리고 오는 것만 생각했지 챙겨 온 것이 변변히 없었다. 나도 올 때 입고 있던 체였다. 정희 이모가 갖다주기는 했지만 아무리 설명해도 못 찾는 것이 있었다. 정희 이모가 내게 말했다.

“이모가 서준이 데리고 있을 테니까 너 혼자 다녀올 수 있겠니?”

그때 생각지도 않은 예원 아줌마가 껴들었다.

“무슨 애한테 혼자 다녀오라고 해요? 내가 같은 아파트에 사니까 이따 일 끝나면 재하고 다녀올게요.”

정희 이모는 어리둥절해 물었다.

“재요? 재 중2…….”

나를 두고 하는 말인 줄 알고도 확인하려 묻는 정희 이모에게 굴하지 않고 예원 아줌마가 그에 질세라 대답했다.

“네. 재……. 이제 금방 어두워질 거예요.”

결국 예원 아줌마는 나를 데리고 집으로 갔다. 우리 집을 낯설게 둘러보다 내게 말했다.

“창문 좀 열까?”

며칠 닫아 놓은 탓인지 퀴퀴한 냄새가 났다. 나는 말없이 베란다 문을 활짝 열었다. 엄마가 누웠던 자리가 눈에 들어와 발을 멈췄다. 예원 아줌마도 같은 곳을 바라보다 말했다.

"이불 개 놓자."

나는 선뜻 대답하지 못했다. 잠시 후 천천히 고개를 끄덕였다. 아줌마는 말없이 이불을 갰다. 이내 싱크대로 가서 며칠 동안 쌓여 있던 설거지를 했다. 나는 아줌마와 좋은 얘기를 나눈 적이 없어 계속 어색했다. 하지만 아줌마 뒷모습을 보며 마치 엄마가 서 있는 상상을 했다. 내가 대체 왜 이러지? 짧은 틈에 이런 엉뚱한 상상을 할 줄은 몰랐다. 마치 나쁜 짓을 하다 들킨 것처럼 아줌마 목소리에 나는 소스라치게 놀랐다.

"다 챙겼으면, 이제 갈까?"

"네, 네……."

말을 더듬으며 대답했다. 예원 아줌마의 목소리는 변함없이 딱딱했다. 챙긴 물건을 들고 신발을 신다 버릇처럼 집 안을 둘러봤다. '엄마, 나 다녀올게.' 엄마에게 인사할 때처럼……. 얼마 전만 해도 돌아보면 엄마가 그 자리에 있었다. 힘없는 목소리라도, 힘없는 손짓이라도 엄마가 있었다. 이젠 이불까지 개켜 빈자리만 덩그러니 보였다. 금방 엄마가 환히 웃어 줄 것만 같은 빈자리가 너무 크게 보였다.

"뭐 하니? 가자."

아줌마는 쌀쌀맞은 목소리로 나를 재촉했다. 엘리베이터를 타고 가는데도 우리는 서로 모르는 사람처럼 등을 돌려 섰다. 엘리베이터 문이 열리자 처음 보는 아줌마가 반갑게 인사했다.

"예원 씨! 저녁 할 시간에 어디 가?"

예원 아줌마는 나를 한 번 보고, 앞에 선 아줌마를 다시 봤다. 말을 더듬으며 선뜻 대답하지 못했다.

"응……, 저기……."

"요즘 위층은 조용해?"

대답은 하지 않고 서둘러 그 아줌마에게 인사했다.

"다음에 얘기해. 내가 지금 좀 바쁘거든."

예원 아줌마가 말을 피하려 하는데도 그 아줌마는 포기하지 않고 말을 걸었다.

"그나저나 앤 누구야? 잘 생겼네. 조카? 아니면 그사이에 자기네 아들 생겼어? 어쩜 그리 잘 어울리니? 자기랑 닮았어. 호호호!"

아줌마는 그 말에 내 어깨에 올린 손을 급하게 내렸다.

"실없기는……. 다음에 보자고!"

엘리베이터 문이 열리자 아줌마는 내 소매를 잡아당기며 바쁘게 내렸다. 얼떨결에 나도 걸음이 빨라졌다. 엘리베이터에서 미처 내리지 못한 아줌마가 남은 채로 문이 닫혔다.

잠시 잠깐 헤어져 있었는데, 서준이가 나를 보자 놀란 토끼 눈을 하고 내 앞으로 종종걸음을 하고 걸어와 안겼다. 그 모습을 본 아줌마들이 마치 입을 맞춘 듯 혀를 찼다. 나 또한 왠지 모르게 몇 년 만에 만나는 듯 반가웠다.

"쯧쯧쯧, 에고! 어린것이 그것도 제 형이라고 달려가는 것 좀 봐! 에고, 딱해라. 저런 줄 알면 짠해서 쟤네 엄마 눈이 다시 떠지겠네. 남도 이리 속이 짠한데 말이야."

아닌 게 아니라 그 후부터 서준이는 한시도 내 곁을 떠나지 않았다. 화장실을 갔다 온다고 해도 같이 간다고 울었다. 그날부터 서준이는 '나의 껌딱지'가 되어 붙어 다녔다.

엄마를 마지막 보내는 길에는 원장 할머니와 정희 이모, 서준이와 함께했다. 모든 일을 마치고 집으로 돌아왔다. 집에 정말 오랜만에 돌아온 기분이 들었다. 정희 이모가 내게 말했다.

"서우야, 오늘 우리 집에서 자자. 내일 아침 서준이 어린이집에는 이모가 데려다주면 되지. 네 학교도……."

"아녜요, 이모! 내일 제가 다 할 수 있어요."

"그러지 말고……. 이모 말대로 하자. 이모 발이 안 떨어져서 그래."

정희 이모의 몇 번에 걸친 설득에도 불구하고 내가 이겼다. 정희 이모가 돌아가니 정말 이 집에 서준이와 나만 남았다. 나는 서준이를 물끄러미 바라보다 말했다.

"서준아! 그렇게 말똥말똥하면 언제 잘 건데? 형이 오늘 참 피곤한데……."

신기하게도 그 말이 떨어지자마자 서준이가 내 품에 고개를 떨구고 잠이 들었다. 서준이가 규칙적으로 내는 '쌕쌕' 숨소리가 내 눈도 감기게 했다. 나는 한 번도 깨지 않았다. 얼마나 잘 잤는지 모른다. 삼 일만인가, 아니 삼 년 만인가, 아니 얼마 만인지 모르게 죽은 듯이 푹 잤다.

나는 일어나 한쪽에 개어 놓은 엄마 이불에 얼굴을 묻고 한참을 그대로 있었다. 엄마 냄새가 났다. 나는 다시 한번 길게 숨을 들이마시고 일어났다. 학교 갈 준비와 서준이 어린이집 보낼 준비를 했다. 양말을 신으려고 보니 한쪽 발만 양말을 신고, 한쪽 발은 맨발이었다. '한 짝은 어디다 벗어 놓은 거지?' 하고 기억을 더듬어도 생각이 나지 않았다. 다른 양말을 골랐다. 잡히는 것마다 구멍이 나 있었다. 그때 뜬금없이 떠오르는 말이 있었다. 짝짝이로 신발을 신은 날 보고 '웬만하면 네 아래도 좀 볼래?'라고 한 말이 생각났다. 예원 아줌마가 이것도 봤을까! 언제부터인지도 모르니…….

아침에 땀나는 전쟁을 치르고, 교문을 막 들어설 때였다. 나를 놀리는 아이들은 지치지도 않나 보다. 또 준비 태세를 하고 나를 기다리고 있었다. 지금 내 기분 따위는 알 리도 없겠지만, 안다 해도 아랑곳하지 않을 애들이다. 나는 부딪치지 않으려 피하고 또 피하고 싶었다. 그 마음에도 불구하고 한 아이가 내 옷자락을 세게 잡아당겼다. 내 몸은 힘없이 휘청했다. 어젯밤 그리 푹 잤는데도, 바람 빠진 풍선이 따로 없었다.

"어이, 꿀꿀이! 며칠 동안 안 보이니까 이 형님들이 몸 풀 기회가 없었잖아. 눈에 거슬리기는 해도 씹을 거리가 없으니까 심심하더란 말이야."

참 어이없는 아이들이다. 내가 자기네들 심심풀이였다고 서슴없이 말하고 있었다. 이제는 참을 이유가 없다고 생각하니 주먹에 힘이 절로 갔다. 막 내리치려는 순간이었다. 내 옆으로 느릿느릿 차 한 대가 지나고 있었다. 그 차는 갑자기 우리 옆에 멈춰 섰다. 그 사람은 바로 다름 아닌 예원 아줌마였다. 예원 아줌마는 차에서 내리면서 차 문이 떨어져 나갈 듯 닫으며 다짜고짜 소리쳤다.

"야!"

그 외마디가 얼마나 컸던지 도로와 학교가 통째로 흔들리는 것만 같았다. '저 아줌마 목소리가 저랬나?' 싶게 우렁찼다. 내 멱살을 잡고 힘껏 흔들던 아이의 손은 스웨터 코처럼 스르르 풀렸다. 나는 들어 올린 주먹을 쉽게 내리지 못했다. 그 자리에 있던 아이들은 물론, 교통정리를 하던 사람과 지나는 사람까지 모두 놀라 돌아봤다. 일제히 우리 쪽으로 시선이 쏠렸다.

"너희 말이야, 애를 하나 놓고 여러 명이 아침부터 이게 뭐 하는 짓이야? 엉! 한번 혼들 좀 나 보고 싶어? 이쯤 되면 학교 폭력 위원회 열어야 하는 거 아니니? 그리고 너! 그 올린 주먹 내리고."

나는 그 말에 바로 주먹을 내렸지만 날 잡았던 아이는 당돌하게 물었다.

"아줌마, 누군데요?"

"나? 그걸 몰라서 묻니? 얘 엄마다. 왜? 너희들 내 새끼 또 한번만 더 건드려. 이유 없이…… 또 그랬다 하면 어떻게 되는지 궁금하면 또 한번 해 봐, 어디!"

아줌마는 주저 없이 거짓말을 했다. 거짓말이라고 눈치챈 아이는 하나도 없는 듯했다. 웅성대던 아이들은 개미 흩어지듯 삽시간에 사라졌다. 나하고 아줌마만 남았다. 조금 전에 악쓰던 아줌마는 갑자기 꿀 먹은 벙어리가 되었다. 애들에게 당하고 있던 나도 마찬가지였다. 둘은 멀뚱하니 서서 한참 동안 말이 없었다. 아줌마는 바닥에 떨어진 내 가방을 집어 올려 흙을 털었다. 그때 나는 성난 듯 가방을 낚아챘다. 거기서 그치지 않고 되레 큰소리를 쳤다.

"왜 남의 일에 끼어들어요? 아줌마가 제 엄마예요? 왜 제 엄마라고 거짓말을 하냐고요?"

"끼어들고 싶지 않았어, 나도! 그렇게 하지 않으면 쟤네가 그냥 말았겠니? 너를 가만히 뒀을 것 같아? 계속 괴롭혔을 거야. 네게도 사람이 있다는 걸 알려 줘야지! 그래야 더는 못 살게 안 굴지. 그리고 너! 아무 때나 주먹 올리다 더 몹쓸 일에 휘말릴 것은 생각 안 해? 적반하장으로 네 잘못으로 몰면 그땐 어쩔 거야? 아니, 그런데 가만히 있어 봐. 너! 그나저나 저번에도 느낀 건데, 왜 그리 버릇이 없니? 내가 엄마라고 하니까 애들이 다 달아난 거잖아. 그리고 더 부지런해라. 옷 따위로 놀림 안 당하려면. 그러다 엄마 없는 애라는 소리 듣기 십상이란 말이야."

그 말을 끝으로 아줌마는 순식간에 얼굴이 하얘져 굳어 버렸다. 입술이 작게 떨렸다. 나는 못 본 척했다. 엄마가 누워 있던 자리에 엄마가 없는 것보다 그 말이 더 내 마음을 칼날처럼 도려냈다. '아, 나는 엄마가 없구나. 이제 엄마 없는 아이구나.' 나는 그 사실을 확인할 때마다 가슴속이 덜커덕댄다. 아직도 내 속에 나는 엄마가 내 곁에 없다는 것을 인정할 수 없었다.

나는 아줌마 말에 발끈할 법도 한데 단 한마디 말도 없이 뒤도 안 돌아보고 달려가 버렸다. 틀린 말이 없었으니까……. 내가 조금만 머뭇거렸으면 아줌마는 내게 사과했을지 모른다. 나는 무작정 뛰었다.

고개를 숙이고 가는 내 어깨를 누군가 툭 쳤다. 별명이 '애빼시'인 우리 반 경수였다. 경수는 애교가 많아 여러 선생님과 친구, 선배들에게 귀염을 받는 아이이다.

"서우야, 아침부터 뭐야? 어깨 펴시고, 앞을 보시죵!"

경수의 말에 보일 듯 말 듯 웃었다. 내 얼굴 근육이 굳었는지 이제 웃기도 쉽지 않았다. 경수는 그래도 살짝 보이는 내 웃음 꼬리를 보고 말했다.

"에고, 잘 했쪄용. 그렇게 웃어. 그래야 하루가 편해!"

경수는 누구에게나 친절한 아이이다. 오늘 경수의 말은 내 상처 위에 붙여 준 일회용 밴드 같았다. 조금 덜 아픈 듯했다.

"고마워, 경수야!"

나중에, 아주 우연히 안 사실이다. 경수는 아주 어렸을 때, 부모님을 교통사고로 한꺼번에 잃고 큰아버지 댁에서 산다고 했다. 언젠가 경수가 툭 던지듯 내게 말했다.

"슬픔은 나를 쫓아오는 게 아냐. 네가 그걸 잡고 있는 거지. 슬픔도 때로는 지겨워 너를 떠나고 싶을지 몰라. 멸치 가시를 어떻게 일일이 발라내? 그냥 대충 먹지. 슬픔을 멸치 가시라고 생각해 버려. 그냥 씹어 삼켜 버려. 그래야 숨을 쉬고 살지."

나는 아주 조심스럽게 물었다.

"근데 너 엄마 아빠 얼굴 기억해?"

"에이, 그 말을 뭘 그리 조심스럽게 물어? 당연히 안 나지. 할머니가 나를 위한다고 엄마 아빠 사진을 다 없애 버렸거든. 정말 우연히 할머니 화장대에서 한 장을 발견했어. 유치원 때……. 근데 요즘은 그 사진을 봐도 얼굴이 생각 안 나. 웃기지? 슬픔도 그래. 난 우리 엄마와 아빠가 내게 긍정적인 마음과 정신을 유산으로 준 것 같아."

경수가 평상시와 똑같이 말했는데도 이상한 힘이 느껴졌다. 단지 말끝을 '죵, 쪄, 엉, 용'으로 마치지 않았을 뿐이었다.

"난 요즘 무심코 본 그림책에서 위안을 받았어."

나는 대꾸 없이 경수 말을 기다렸다.

"내게 그림책을 누가 사 줬는지 모르겠는데, 얼마 전에 우연히 다시 보게 되었거든. 죽음에 관한 묵직한 얘기야. 오리가 우연히 뒤를 돌아보니 죽음이라는 해골이 있는 거야. 처음에는 왠지 내키지 않았다가 친구처럼 친해지고, 결국 오리는 죽음을 맞게 돼. 짧은 시간이지만 죽음이란 무엇인지 생각할 시간을 선물로 받았다는 생각이 들었어. 죽음은 특정한 사람에게 찾아오는 게 아니었어. 그냥 삶처럼 함께 지내는 거라고 할까? 우리 엄마와 아빠가 갑자기 떠났잖아. 두 분 중 누군가 선물해 준 그림책, 그 책을 사 줬을 정도라면 갑작스러운 죽음이 덜 슬펐을 테지 생각해. 그러니까 뒤늦게나마 위로가 되더라. 얼마 전에 엄마 아빠가 계신 추

모관에 가서 그 그림책을 내가 읽어 드리고 왔어."

어떻게 나와 같은 나이인데 저런 생각을 했을까 놀라웠다.

"서우 너는 엄마를 보내면서 최선을 다했니? 아마 다했을 거야. 너, 수업 끝나면 제일 먼저 나갔잖아. 박서우! 엄마 보살피려고 그런 거잖아."

숨쉬기조차 힘든 곳이 학교라고 생각했다. 경수 같은 산소 호흡기가 함께 있어서 다행이다.

그날 저녁 놀이터에서 서준이가 오길 기다렸다 서준이를 받아 안고 막 돌아섰을 때였다. 눈앞에 아줌마가 서 있었다. 나는 잠깐 아줌마를 보고도 못 본 척 지나갔다.

"얘!"

아줌마가 나를 부르는 소리에도 뒤돌지 않았다. 아줌마는 다시 나를 불렀다.

"서……우, 네 이름이라며……?"

내 이름을 부르는 소리에 나는 무겁게 뒤를 돌아보았다.

"저요?"

"여기에 너와 나 말고 또 누가 있니?"

아줌마는 얼른 주머니에서 무언가 하나를 꺼내 내밀었다.

"이거 네 거 아니니?"

그것은 다름 아닌 양말 한 짝이었다.

"그걸 왜 아줌마가 가지고 있어요?"

"……그……때, 장례식장 바닥에 떨어져 있더라. 혹시 네 것인가 하고……."

아줌마는 아까보다 작아진 소리로 쭈뼛대며 말했다.

'아, 그 한 짝을 그때 벗어 놓았구나!'

서준이를 안고 있어서 선뜻 손을 내밀지 못했다. 내 손가락은 서준이 엉덩이 밑에서 떼지 못하고 꼬물거렸다. 아줌마는 나를 물끄러미 바라보다가 나와 서준이 사이에 양말을 찔러 넣었다. 둘 사이에 또 침묵이 흘렀다. 결국 아줌마는 딱 한 마디를 던지고 뒤를 돌았다.

"그리고 참 아까……는. 아니 가라!"

그 말이 떨어지자마자 나는 뒤를 돌았다. 101동 입구로 들어가려는데 말소리가 들렸다.

"네가 왜 거기로 들어가?"

"여기 우리 집도 있거든요? 저번에 와 봤으면서……."

얼쯤해진 아줌마가 소리 안 나게 '아!' 입을 벌렸다. 아줌마가 건망증이 심한가 보다 생각했다.

"알아, 알아! 먼저 들어가라고."

"먼저요?"

"넌 어쩜 꼬박꼬박 말대꾸라니? 그래, 같이 가."

나는 괜히 웃음이 나올 것 같아 뒤돌았다. 왠지 아줌마와의 말싸움이 싫지 않았다. 그때 다급한 발소리와 목소리가 들려왔다.

"같이 타고 가요! 죄송합니다."

"잠깐만요. 두두두두!"

신난 아이들 목소리도 뒤따라 들렸다. 저번에 만난 두 꼬마 아이들과 아이 엄마였다. 엘리베이터 안에 예원 아줌마를 보더니 조금 전 신났던 아이들이 멈칫했다. 샐쭉해진 아줌마가 말했다.

"아, 안 탈 거예요?"

"네……네. 고맙습니다."

아이들과 아이 엄마는 무언가 잘못한 사람들 같았다. 아이들은 타자마자 자기 엄마 뒤에 숨어 엄마 치맛자락을 잡고 있었다. 난감해진 엄마는 아이들을 양옆으로 잡아당겼다. 그럴수록 아이들은 움켜쥔 작은 손에 힘을 줬다. 울먹이는 목소리로 두 아이가 연달아 말했다.

"엄마, 무서워!"

"아래층 이모……, 아니 아쫌마 무떠워! 그치? 형아!"

아줌마의 볼이 씰룩거렸다. 나는 그 광경이 너무 웃겼다. 서준이를 안고 있어서 튀어나온 웃음을 얼른 감출 수가 없었다. 나는 서준이를 추켜올려 등에 얼굴을 댔다.

"애들아, 무슨 말이야. 저 죄송합니다."

"아니, 애들한테 뭐라고 했기에 이래요? 층간 소음 피해는 고스란히 내가 입었는데, 마치 내가 나쁜 사람 같잖아요."

그러는 사이 엘리베이터가 9층에서 멈췄다. 문이 열리자 아이들 엄마가 예원 아줌마에게 공손히 인사했다.

"안녕히 가세요!"

갑자기 얼굴이 붉어진 아줌마가 엉거주춤 내리며 말했다.

"어머, 엘리베이터가 왜 이래? 이상하네. 8층에서 왜 안 섰지?"

나와 서준이만 빼고 모두 내렸다. 흥분한 아줌마는 버튼을 누르는 것도 잊어버렸나 보다. 엘리베이터 문이 닫히기 전에 보인 막간의 풍경이었지만 너무 웃겼다.

"어머, 착한 척은 혼자 다 하면서 사람 이상하게 만드는 재주가 있네. 참 친절한 척, 착한 척…….

아이들 엄마 앞에서는 얘기도 못 하고 아줌마는 뒤도 안 돌아보고 내려가며 두런거렸다. 나는 집으로 올라가는 동안 생각했다. 저 아줌마는 왜 매일 화가 나 있는 걸까? 화는 화를 부른다더니, 이 사람 저 사람과 충돌의 연속인가 보다. 나는 아줌마와 같은 라인에 살면서도 알지 못했나 보다. 나는 단지 매일 화내는 아줌마라고만 기억하고 있었다. 아줌마는 어쩌면 나를 매일 아침 애기 안고 뛰는 아이 정도로 기억할지 모른다. 그냥 왠지 신경 쓰이는 일로 만난 사이, 그 정도다. 그나마 이야기를 했어도 역시나 알 수 없는 아줌마였다.

다음 날 아침마다 배달되는 우유를 가지러 현관 밖으로 나갔다. 문 앞에 낯선 쇼핑백 하나가 놓여 있었다. 그 안에는 반찬이 담겨 있었다. '누굴까?' 궁금했다. 만든 지 얼마 안 되었는지 그릇이 따뜻했다. 엘리베이터는 1층에 멈춰 있었다. 계단 쪽을 내려다보고 올려다봐도 조용했다. 쇼핑백 안에는 어떤 메모도 없었다. 반찬 뚜껑을 열어 보니 먹음직한 계란말이와 멸치볶음이 담겨 있었다. 누가 가져다 놨는지 몰랐지만 보자마자 군침이 돌았다. 먹을까 말까 고민하다 계란말이 하나를 입에 넣어 맛봤다. 부드러운 촉감이 입 안에서 살살 녹았다. 언제 이렇게 따뜻한 반찬을 먹어 봤는지 아주 맛있었다. 혹시나 하는 생각에 정희 이모에게 전화를 걸었다. 정희 이모는 전화를 받자마자 놀란 목소리로 물었다.

"어, 서우야! 무슨 일 있니?"

"아니, 이모! 혹시 우리 집에 반찬 갖다 놓았어요?"

"반찬? 무슨 반찬? 아니……. 그게 무슨 말이니?"

정희 이모도 아니면 누굴까? 반찬 배달 봉사는 오늘 오는 날이 아닌데……. 그리고 내가 학교에서 돌아올 때쯤 오곤 했었다.

학교에서 돌아와 문 앞에 섰는데, 발아래 쇼핑백 하나가 또 놓여 있었다. 이번엔 햄 샌드위치와 딸기가 들어 있었다. 하루에 두 번씩이나, 누굴까 몹시 궁금했지만 나는 번번이 아주 맛있게 먹었다. 음식이 담긴 쇼핑백은 그날부터 쉼 없이 그다음 날도, 또 그다음 날도 와 있었다. 어느덧 궁금증보다는 기다리는 마음이 더 커졌다.

오늘부터 여기가 내 집

나는 한동안 버릇처럼 엄마가 먹을 밥을 차리려다 몇 번을 '아차' 하고 손을 멈췄다. '아, 이제는 안 차려도 되지!' 가슴이 '쿵' 소리를 냈다. 그때는 시간이 너무 빠르게 갔다. 어느새 밤이 되고, 내 눈꺼풀은 무겁게 내려앉았다.

엄마한테 지금도 미안한 게 한 가지 있다. 엄마 장례를 치르고 돌아온 날, 나는 곯아떨어졌던 것을 기억한다. 어떻게 잠을 푹 잘 수 있었는지 믿어지지 않았다. 서준이에게 팔베개를 해 준 탓에 팔이 저려 깼었다. 깊은 잠에 빠진 나를 엄마가 봤다면……. 엄마한테 두고두고 미안했다.

나는 벽에 걸린 엄마 사진을 향해 인사했다. 서준이가 나를 도와주려는 듯 예전보다 덜 보챈다. 그 덕분에 엄마에게 인사를 좀 느긋하게 할 수 있었다.

"엄마, 나 학교 다녀올게. 서준이 어린이집에 잘 보낼 테니까 걱정 안 해도 돼. 엄마, 이따 만나!"

엄마는 이제 내가 어떤 말을 해도 웃고만 있다. 그런 사진 속 엄마 얼굴을 한번 쓸어 봤다.

"서준아, 엄마한테 빠빠이 해. 아구아구, 우리 서준이 인사도 잘 하네."

문을 막 나서려는데 휴대폰이 울렸다. 펭귄 샘이었다.

"여보세요! 펭귄 샘."

"어, 서우야! 학교 가는 중이니?"

"네, 서준이 어린이집 버스 태워 보내고 갈 거예요."

"아, 그렇구나. 이따 학교에서 돌아올 시간에 샘이 갈게. 네게 할 말이 있어서……."

무슨 말이냐고 물어보지도 않고 알았다고 말하고 전화를 끊었다. 서준이를 빨리 태워 보내는 일이 급했고, 무슨 말인지 대강 짐작이 갔기 때문이다. 순간 가슴에 무거운 돌덩이가 내려앉는 느낌이 들었다.

비상등을 깜박이는 어린이집 버스의 앞코가 보였다. 어린이집 선생님이 반갑게 다가왔다. 서준이가 오늘은 기분이 좋은지 벙긋 웃으며 갔다. 엄마가 아팠던 탓에 서준이는 엄마에게 안긴 것보다 내게 안긴 적이 더 많다. 엄마 보살피고, 서준이 보살피느라 바빴던 내가 요즘은 서준이만 보면 된다. 서준이와 놀아 주는 시간이 훨씬 늘었다. 아무것도 모르는 서준이는 내가 자기만 보는 게 좋은가 보다. 어쩐 일인지 예원 아줌마도, 아줌마의 빨간 차도 보이지 않았다. 오히려 낯선 풍경이었다. 내가 나오기 전부터 경적이 떠들썩하게 울려야 익숙한데……. 아줌마가 아주 신경질적으로 손을 내저어야 익숙한 건데 왜 안 보이는 거지? 다른 아줌마들은 아무렇지 않은 듯 나와 달리 평화롭게 보였다. 나는 내게 물었던 것 같다. '너, 혹시 예원 아줌마가 궁금한 거야?' 하지만 선뜻 대답하지 못했다.

학교가 끝나고 집으로 돌아와 보니 펭귄 샘이 집 앞에서 나를 기다리고 있었다. 한 손에 늘 들고 다니는 두툼한 수첩과 다른 한 손에는 바나나 우유 한 묶음이 들려 있었다.

"서우야, 이제 오니?"

나는 말없이 고개를 숙여 인사했다. 펭귄 샘은 내게 다가와 내 머리를 '쓱쓱' 훑을 듯 쓸어내렸다. 나는 그 의미가 무언지 알기에 보일 듯 말 듯 웃었다.

"들어가자."

우리는 문을 열고 들어가 거실에 앉았다. "허허허, 서우야! 책가방은 내려놓자. 무겁지 않니?"

나는 멋쩍게 가방을 바닥에 내려놨다.

"서우야, 있잖아……, 이제 엄마도 안 계시고, 음……, 네가 서준이 잘 돌보고는 있지만 아직은 미성년이라 언제까지 너희 둘이 지낼 수는 없잖니?"

결국 나와 서준이가 지낼 문제를 말하러 온 것이었다. 어렵게 말을 꺼내는 펭귄 샘에 비해 나는 무표정하게 말없이 듣고만 있었다.

"샘이 너희가 지낼 기관을 알아볼게. 우선은 그전에 네게 말하는 게 순서인 것 같아서. 알겠지? 혹시나 무슨 일 있으면 샘한테 언제고 전화해라. 참, 네가 좋아하는 바나나 우유 사 왔으니까 우선 마시고 좀 쉬어라."

"펭귄 샘, 근데 왜 사회 복지사가 되었어요? 힘들지 않아요? 다들 도와 달라는 사람만 있잖아요?"

나의 뚱딴지같은 질문에 멈칫했다가 펭귄 샘은 잠깐 생각에 잠긴 후 대답했다.

"어릴 때 누군가에게 도움받은 애들이 하는 단골 얘기 알지? '다음에 훌륭한 의사가 돼서 저를 낫게 해 준 의사 선생님처럼 의사가 될 거예요.'라고 말이야. 나도 그런 케이스라고 해야 하나?

내가 받은 도움을 되돌려 주고 싶었어. 그런데 막상 사회 복지사가 되어 보니 누굴 도와주는 일이 아니야. 정당하게 받아야 할 복지를 받게 해 주는 업무를 하는 사람이라고 해야 맞아. 내가 네게 해 주는 것도 마찬가지고. 서우는 내게 아주 괜찮은 클라이언트지. 없는 것에서 자꾸 필요한 자원들을 만들게 해."

펭귄 샘은 늘 내게 뭐라도 해 주려고 애썼다. 미안한 마음을 말하지 못한 채 펭귄 샘을 배웅했다. 펭귄 샘이 간 후 나는 벽에 기대어 한참을 생각했다. 생각나는 것은 딱히 하나도 없으면서 그대로 오래오래 앉아 있었다. 아마도 조만간 내가 떠나야 할 것만은 확실해지고 있었다.

며칠 후, 밀알 보육원 원장 할머니에게서 전화가 왔다. 나는 어느 날부터인가 원장 할머니 전화가 반갑지 않은 건 아니지만 괜히 불안했다. 펭귄 샘 전화도 마찬가지였다. 다 나를 생각해서 하는 것은 알지만……. 멈칫하는 내 마음과 다르게 반대편에서 반가운 목소리가 들려왔다.

"학교는 잘 다녀왔니? 별일은 없었고? 서우야! 저번에 할머니가 한 말 좀 생각해 봤니?"

나는 선뜻 입을 열지 못했다. 잠시 후 원장 할머니가 말했다.

"할머니한테 오련? 이 할머니하고 살자."

"……네."

펭귄 샘이 며칠 전 내게 한 얘기, 원장 할머니도 같은 말을 하려고 전화한 것이다. 집 떠날 마음이 선뜻 생기지 않은 상태로 통화하기가 힘들었다. 원장 할머니는 내 마음보다는 나와 서준이 걱정이 우선일 거다.

"에고, 참 잘 생각했다. 그럼 할머니가 언제 데리러 갈까?"

"…… 그런데 할머니! 조금만 더 여기 있고 싶어요."

원장 할머니가 데리러 온다는 말에 또 머뭇거렸다. 원장 할머니는 너무 길게 생각하지 말라는 말을 하고 전화를 끊었다. 솔직히 나는 두려웠다. 엄마와 정말 이별한다는 생각이 들었다. 엄마가 하늘나라로 갔을 때, 이제 정말 이별이라고 생각했다. 집을 떠나야 한다고 생각하니 더 큰 이별이 기다리고 있는 것 같았다. 하릴없이 장식장에 기대 놓은 엄마 영정 사진을 쓸어내렸다. 내 손이 지나고 나니 엄마가 또 웃고 있다. 엄마 사진을 오래도록 바라보고 있으면, 엄마가 울 것같이 얼굴이 변한다. 하늘에서 엄마가 아마도 이런 표정으로 나와 서준이를 내려다보고 있지 않을까!

아픈 엄마는 나를 돌볼 수 없었다. 그래도 엄마가 있다는 사실 그 자체가 얼마나 큰 의미인 줄 예전에는 미처 몰랐다. 아니, 알고 있었는데 지금 절실히 실감한다. 나는 앞으로 얼마나 엄마를 그리워할까! 시간이 조금씩 지날 때마다 생각지 못한 낯선 감정이 찾아왔다.

밀알 보육원은 아이들이 백 명이 넘는다는데……, 서준이는 나 없으면 못 자는데……. 막상 그곳으로 가려니 걱정거리가 한두 가지가 아니었다. 문득 엄마의 예전 이야기가 떠올라 눈물이 쏟아졌다. 보육원에 간 이후 말을 안 하고 지냈다는 엄마, 그때는 엄마 마음을 다 알지 못했다. 이제야 알 것 같았다.

엄마가 떠나기 전에 내게 조심스레 말했었다.

"서……우야! 엄마가 미안하다."

"엄마는! 뭐가?"

"네게 가족 더 못 만들어 줘서……."

엄마는 건강했을 때도 그 점을 늘 미안하게 생각했다. 특히 명절이면 차례를 지내러 가고, 음식을 준비하러 가는 사람들을 볼 때면 더 그랬다. 나는 엄마만 있으면 된다고 하면 엄마는 더 슬픈 얼굴이 되었다. 그때는 정희 이모도 마찬가지일 테지만 정희 이모는 시댁이 있어 볼 수가 없었다. 가끔 밀알 보육원에 원장 할머니를 만나러 갔었다. 내게는 유일한 '할머니'니까.

엄마는 명절이나 연휴가 되면 밀린 잠을 잤다. 깨어 있는 엄마를 보기 어려웠다. 자는 엄마를 등 뒤에서 안고 나도 달콤한 꿈을 꿨었다. 엄마는 밤늦게 일을 하느라 잠이 모자랐다. 그걸 알았기 때문에 엄마가 잠들었을 때면 나는 까치발을 떼고 걸었다. 그러다 아파서 아무것도 못 하게 되자, 엄마는 나에게 미안한 마음만 커졌던 것이다.

이제 더는 버틸 수가 없을 것 같았다. 며칠 전 서준이가 감기에 걸려 열이 불덩이처럼 올랐다. 급하게 정희 이모가 와서 함께 병원 응급실에 다녀온 적이 있었다. 내가 엄마를 보살피긴 했어도 그때가 새록새록 생각났다. 앞으로 어떤 크고 작은 일이 생길지 모를 일이다. 서준이가 아프니까 무엇을 어떻게 해야 할지 몰라 허둥지둥했다. 덜컥 겁부터 났다. 이제 나는 아이일 뿐이고, 누군가의 보호를 받아야 한다는 사실을 부정할 수 없었다. 정희 이모는 오늘만 해도 다섯 번이나 넘게 전화했다.

"서우야, 급식은 잘 먹고 왔니? 서준이는 언제 와?"

이 말은 어제도 했던 말이다.

"이모네 집에 오라고 하고 싶은데, 우리 용훈이랑 방은 같이 쓰고, 그러자! 서우야."

"아녜요, 이모! 괜찮아요."

매일 반복되는 전화에 미안한 마음이 커졌다. 아무래도 내가 보육원에 하루빨리 가야만 할 것 같은 생각이 들었다. 나는 밤새도록 생각했다. 이 집에 살면 내게 안 좋은 일을 하나씩하나씩 떠올리려고 애썼다. 한 가지 말고 떠오르는 게 없었다. 학교에서 날 괴롭히는 반 친구들, 그 애들 말고는 내가 이곳을 떠나고 싶은 이유가 없었다. 무엇보다 엄마와 영영 이별이라는 생각이 들었기 때문이다.

나는 무작정 밖으로 뛰어나갔다. 아파트에서 길을 건너 아래로 내려가면 논과 밭이 있다. 그곳에는 야트막하게 경사진 둔덕이 있다. 그곳에 서면 아무도 안 보인다. 하늘을 올려다보니 오늘따라 별들이 많이도 나왔다. 나는 있는 힘껏 하늘을 향해 소리쳤다.

"엄마! 엄마, 내 소리 들려? 나 어떡하지? 나 어떡할까, 엄마! 나 이제 가야겠지? 그렇지? 엄마! 근데 나 무서워, 엄마!"

눈물이 제 마음대로 흘러내렸다. 내 모습을 누구에게 들키지 않는 곳에서 실컷 엄마를 부르며 울었다. 까무룩 사라졌다 다시 빛나는 별이 마치 엄마가 나를 내려다보는 건 아닐까 생각했다. 금방이라도 엄마 목소리가 들려올 것만 같았다.

'서우야, 엄마가 미안해!'라고 말하는 듯했다. 달 위로 검은 구름이 천천히 지나갔다.

'내가 이러면 엄마는 하늘에서도 내게 미안해하겠구나!'라고 생각하니 더는 이 집에 머물 수가 없었다.

'응, 엄마 갈게! 그런데 나, 서우랑 떨어지지 않게만 엄마가 보살펴 줘. 그것만 지켜줘.'라며 하늘을 향해 간절히 기도했다.

그날은 잠이 쉽게 들지 않았다. 자는 둥 마는 둥 뒤척이다 아침 일찍 원장 할머니한테 전화를 걸었다.

"할머니, 저 서우예요. 모레 갈게요."

"응, 어이구 이제 올래? 잘했다. 잘했어."

나는 핸드폰에 힘을 줘 꽉 움켜쥐고 있을 뿐 더는 말하지 못했다. 소리 없이 양 볼에 눈물만 흘러내리고 있었다. 그때 서준이가 일어나는 소리에 눈물은 쏙 들어갔다.

"어, 일어났어? 잘 잤어?"

서준이는 아직 눈이 떠지지 않아 감았다 떴다 하며 내 가슴에 얼굴을 비볐다. 나는 서준이의 뻗친 머리카락을 쓸어내려 줬다. 머리카락은 용수철처럼 다시 또 올라와 아무렇게나 뻗쳤다. 나도 모르게 웃음이 났다. 서준이가 고마웠다. 서준이가 있어서 바쁜 아침이 다시 시작이다.

오늘도 어김없이 쇼핑백은 문 앞에 놓여 있었다. 모레 떠나기 전에 말해야 한다고 생각하면서 선뜻 되지 않았다. 어느덧 기다려지는 마음은 무얼까? 염치없는 생각인지 모르지만 갈 때까지 그 따뜻함을 느끼고 싶었다. '그동안 고마웠습…….' 메모를 썼다 구겨 버렸다. 이번만 염치없는 사람이 되기로 했다.

서준이를 데리고 밖으로 나가니 벌써 어린이집 버스가 와 있었다. 걸음을 빨리해 걷는다고 해도 더디기만 했다. 나는 주위를 두리번거렸다. 오늘도 예원 아줌마가 보이지 않았다. 이제 며칠 후면 이곳을 떠나야 한다. 아줌마에게 작별 인사를 하고 갈 것은 아니지만 이상하게 나는 자꾸 두리번거렸다. 매일 아침 이맛살을 찌푸리던 아줌마가 며칠째 안 보이니까 뭔가 빠진 것 같았다. 금방이라도 긴 경적이 들리는 것만 같았다. 서준이를 보내고도 나는 그 자리에 잠시 서 있었다. 하지만 아줌마는 끝내 보이지 않았다. 막상 이곳을 떠나려니 별게 다 걸리는 걸까! 챙길 짐도 별로 없었고, 떠난다고 인사할 사람도 그리 없었다. 아파트에 관한 일은 정희 이모가 다 해 줬다.

서준이가 올 시간이 되어 놀이터 시소 위에 앉아 있을 때였다. 귀에 익은 목소리가 들려왔다. 나는 그 자리에서 벌떡 몸을 일으켰다. '아, 예원 아줌마다!' 하지만 마음만 앞섰다. 막상 목소리를 듣고 일어났지만, 아줌마에게 인사도 못 할 거면서 괜히 가슴만 콩닥거렸다.

"당신 요즘 그 아이에게 너무 마음 뺏긴 것 아냐? 그렇다고 데리고 와 함께 살 것 아니면 마음 거둬. 괜스레 들썩이지 말고. 그 애한테도 혼란스럽게 기대감 줄 필요 없잖아."

"못할 건 뭐예요? 가족이 못 될 건 뭐 있어요? 그 애하고 그런 말 한 적도 없어요. 앞서가는 건 당신이라고요."

"여보, 내가 짐작한 것보다 더 깊숙이 들어간 거 아냐? 중학생이라며? 어린아이도 아니고, 글쎄 앞선 마음 거뒀으면 좋겠네. 가족으로 받아들이는 게 쉬운 거야? 내가 난 자식도 힘겨워하는 거 주변에서 보고서도 그런 마음이 들어? 어쨌든 여보, 결코 만만히 생각할 일이 아냐."

무슨 일인지 아저씨와 아줌마의 대화는 심각하게 들렸다. 저번에 처음 봤던 아저씨가 아니었다. 뭐가 좋은지 끝없이 아줌마에게 웃던 아저씨가 아니었다. 심각한 이야기가 오가니까 더더욱 가까이 갈 수 없었다. 내가 언제부터 예원 아줌마에게 가까운 마음을 가졌는지 모르겠다. 결국 간다는 인사도 못 한 채 물러서고 말았다.

'예원 아줌마, 저 내일 가요.'

마음속으로만 인사를 대신할 수밖에 없었다.

오늘 아침도 어김없이 음식이 담긴 쇼핑백이 놓여 있었다. 소리가 나면 얼른 달려 나가려고 귀를 쫑긋 세웠지만, 소용이 없었다. 그 음식을 먹는데 자꾸 목이 메었다. 마지막 식사를 나는 먹었다. 눈물 반, 콧물 반의 식사를……. 그냥 갈 수 없었다. 내가 없는데 쇼핑백이 덩그러니 놓인 모습이 그려졌다. 하는 수 없이 문에 쪽지를 써 붙여 놓았다.

안녕하세요! 고마우신 분께.

그동안 제게 맛있는 반찬과 샌드위치를 갖다주셔서 고맙습니다.

그런데 저 오늘 이사 가요. 누구신지 모르겠지만 그동안 고마웠습니다.

안녕히 계세요.

내게는 꼭 인사할 사람이 또 하나 있다. 바로 우리 반 경수다. 어제 체육 시간 강당으로 가는 길에 경수를 부르지도 않고 옆으로 달려가 말을 던지듯 건넸다.

"나 내일 간다. 동생이랑 보육원으로 가기로 했어. 그동안 내 친구 돼 줘서 고마워."

늘 침착하던 경수가 놀란 듯 나를 봤다. 나는 아무렇지 않은 척 어깨를 으쓱해 보였다.

"어, 왜 이래? 이 놀란 표정은 뭐죠? 하하하!"

나는 애써 태연해지고 싶었다. 경수도 그래 주길 바랐다.

"멀리 가?"

"멀다면 멀고, 가깝다면 가까운 곳으로……."

경수 걸음이 느려졌다. 언제나 쿨 하던 경수가 조심스럽게 물었다.

"너 괜찮아?"

"나? 안 괜찮아!"

경수는 잠시 말이 없어졌다. 이어서 말했다.

“나도 너한테 의지 많이 했는데……. 내 곁에는 금방 떠나는 사람이 너무 많다. 박서우! 너는 어딜 가든 잘 지낼 거야. 나는 그걸 알아. 내가 걱정이다. 한동안 허전한 걸 어떻게 이겨 내지?”

“도경수, 왜 이러시죠? 그런 식으로 날 위로하지 않아도 돼. 넌 충분히 내게 위로가 되고, 힘을 준 사람이거든? 진심으로 고마웠다.”

경수는 진심이었다. 언제나 밝았던 경수였는데, 다른 사람도 아닌 나에게 많이 의지했다니 놀라웠다.

“경수야, 오늘 내가 슬러시 사 줄게. 오늘 우리 서준이가 좀 늦게 온다고 했어.”

“오, 우리 ‘땡이’와 마지막 슬러시를?”

“땡이? 왜 내가 땡이야?”

“몰라서 물어? 종 ‘땡’ 치면 네가 제일 먼저 튀어 나갔잖아.”

떠나는 것을 아쉬워해 주는 사람이 있어, 마음 한쪽이 따뜻했다. 마지막이 아니라 처음이길 바라는 슬러시를 경수와 먹었다. 자주 연락하자는 말을 잊지 않았다.

떠나는 날 정희 이모가 나를 데리러 왔다. 오늘 같은 날 서준이라도 안고 있어야 덜 허전할 것 같았다. 그 맘도 모르고 서준이는 오늘따라 바닥에 내려놓으라고 발버둥을 쳤다. 나는 서준이 손을 잡고 놀이터부터 101동으로 들어가는 입구까지 다시 천천히 둘러봤다. 여기저기에 엄마가 서 있는 것만 같았다. 엄마와의 기억이 있는 곳마다 눈으로 인사했다.

"서우야, 이제 출발할까?"

"네, 이모!"

"내일은 아이들과 같이 버스 타고 학교에 가면 되고."

몇 번 밀알 보육원에 엄마를 따라간 적이 있었다. 엄마와 함께 외출한 적이 별로 없었던 나는 마냥 신났었다. 보육원으로 가는 내내 엄마는 나만큼 웃지 않았다. 정희 이모와 함께 가는 이 길이 사뭇 낯설었다. 내 표정은 점점 굳어졌다. 길가의 나무도 새롭게 보였다. 메타세쿼이아가 너무 크게 느껴졌다. 나는 유난히 푸른 하늘을 향해 속으로 말했다. '엄마, 나 지금 가는 거 보고 있지? 이제 아파트로 나 보러 오면 안 돼.' 엄마와 갈 때는 곧고 길게 뻗었던 그 길이 오늘은 유독 짧게 느껴졌다.

내 마음을 읽었는지 정희 이모가 살며시 내 손등 위에 손을 얹었다. 그러고는 내 손을 가만가만 토닥이며 말했다.

"서우야, 잘 지낼 수 있지? 이모도 한 달에 한 번은 꼭 올게. 아니, 더 자주 올게, 알았지? 필요한 것 있으면 바로 전화하고."

"네, 이모! 고맙습니다."

이모가 나보다 더 초조해 보여, 나는 애써 태연한 듯 웃음을 섞어 말했다. 그랬는데도 이모는 마음이 놓이지 않는지 나를 안심시키기 위해 안간힘을 썼다.

"이모가 보육원에 봉사하러 오래 다녀서 그곳 아이들을 알잖아. 애들 다 착해. 이모도 네 엄마 의지하면서 살았잖아. 그땐 네 엄마가 나의 제일 큰 의지였지. 이모가 그곳에 갔을 때 제일 먼저 말 걸어 준 사람이 너희 엄마야. 그 아들이 서우니까 구석에 웅크린 아이 하나하나 구원할 테지. 그때 내게 내 마음이랑 자기 마음이 똑같다고 하는데 그 말이 얼마나 서럽게 들리던지. 이모는 보육원 앞까지 엄마가 데려다줬거든. 에고, 내가 주책이다."

정희 이모는 눈가의 눈물을 훔쳐내며 코를 훌쩍였다. 원래 정희 이모는 유쾌한 사람이다. 그런데 오늘은 하는 말마다 딱딱하게 굳어 있었다. 말할 때 웃음이 반인 이모가 웃지 않았다. 자꾸 점잖은 말만 했다. 재미없는 선생님 같은 말만 했다. 그러는 이유를 알지만, 이모가 오늘만은 예전처럼 밝았으면 바랐다. 내 마음이 금방이라도 울고 싶었기 때문이다. 정희 이모가 눈물 바람을 먼저 하니 나는 더 의젓할 수밖에 없었다.

"이모, 너무 걱정하지 않아도 돼요. 제게 서준이가 있잖아요. 저는 서준이 보호자니까……."

정희 이모가 조용해졌다. 나는 아까부터 곁눈으로 이모를 보고 있었다. 운전석 앞에 있는 거울에 이모 얼굴이 다 보였다. 울고 있었다. 오늘 나를 볼 때부터 울고 있었다. 나는 봐도 못 본 척했다. 이모도 내게 숨기고 싶었을 테지만 '끅끅' 하는 소리를 막지 못하나 보다. 그래도 꽃샘추위가 풀리고 눈꺼풀 감기게 따뜻한 날이어서 다행이라고 생각했다. 춥거나 비가 왔으면 더 슬펐을지 모르겠다. 서준이는 그새 잠이 들었다. 서준이가 흘린 침이 내 가슴에 사부작사부작 스미고 있었다. 나는 경수가 말해 줬던 것처럼 가시를 씹어 삼키고 있다. 꿀깍꿀깍 삼키며 서준이 등을 토닥여 주었다.

이제는 못 만날 줄 알았는데

시간은 웅덩이에 고인 물 같지 않아서 다행이다. 엄마 생각도 시간처럼 지나면 좋으련만 선 위에 긋고 또 그은 듯 짙어만 갔다. 시시때때로 떠오르는 엄마 생각에 빠져 멍해 있는데 정욱이가 내게 다가와 말을 걸었다.

"서우 형! 나 이것 좀 가르쳐 줘."

보육원에 온 이후 내게는 서준이 말고 동생들이 갑자기 늘었다. 내가 보육원에 오고 몇 달 지난 후 온 아이가 정욱이다. 얼굴이 까무잡잡하고 귀엽게 생긴 조용한 아이였다. 아주 특이한 것은 얼굴에 흉터가 많이 나 있었다. 정욱이는 보육원에 와서 자주 울었다. 정욱이를 보면서 엄마가 한 말이 떠올랐다. 입을 닫고 살다 정희 이모를 만난 이야기……. 구석에만 앉아 있던 그 아이에게 다가가 말을 몇 번 걸었다. 그 아이는 수줍게 웃기만 했고, 대꾸가 별로 없었다. 그 후부터 정욱이는 날마다 뭐라도 들고 내게로 왔다. 나는 그때마다 친절히 봐줬다.

정욱이는 자다 깨어 심하게 울 때가 많았다. 그때마다 마구 헛소리까지 했다. 무슨 나쁜 꿈을 꾸는 듯했다. 그날 밤도 놀라서 깨어 울었다. 나는 베개를 들고 정욱이 옆으로 가 누워 잤다. 자는 내내 놀란 듯 정욱이는 팔과 다리를 들썩였다. 나는 서준이를 안아 주었던 것처럼 팔로 감싸 줬다. 정욱이는 또 그날 이후부터 이불만 깔면 베개를 들고 내 옆에 웅크리고 앉았다. 나는 그런 정욱이를 빙그레 웃으며 바라보고 내 옆자리를 손바닥으로 치며 말했다.

"뭐 해? 누워!"

그 말에 반가워 눈이 커진 정욱이가 막 누우려고 할 때였다.

"안 돼, 저리 가!"

같은 방 쓰는 은수가 사납게 베개를 집어 멀리 던져 버렸다. 정욱이는 베개를 주우러 가지도 못하고 그 자리에 얼어붙은 아이처럼 앉아 있었다. 벌써 눈물방울이 흘러내렸다. 나는 몸을 일으켜 은수에게 소리쳤다.

"야, 너 왜 그래? 이게 무슨 심술이야?"

"너 제법 큰소리친다. 어쭈, 원장님을 할머니라고 부르니까 네가 뭐라도 된 것 같으냐?"

은수는 내 얼굴 가까이에 자기 얼굴을 갖다 대며 말했다. 솔직히 위협감을 느꼈다. 하지만 겁먹은 티를 낼 수는 없었다. 아주 덤덤한 듯 말했다.

"원래부터 할머니라고 불렀어. 내가 할머니라고 부르는 것하고 정욱이 베개 던지는 거랑 무슨 상관인데? 정욱이한테 화풀이하는 거라면 나한테 직접 말해! 괜히 애꿎은 동생들한테 화풀이하지 말고."

"어쭈, 영웅 나셨군! 착한 척하지 마. 역겨우니까. 여기 온 애들 다 거기서 거기야. 근데 왜 온 지 얼마 안 된 놈이 올 때부터 제집 같아? 기분 나쁘게……. 애들한테 너그러운 척 그만해, 인마!"

문득 전학 오기 전 학교에서 나를 괴롭히던 아이들이 떠올랐다. 동시에 경수도 떠올랐다. '서우야, 워워! 릴렉스! 흥분하지 마.'라며 경수가 내게 심호흡을 시켜 주는 것 같았다.

순간 나는 은수의 말에 대꾸하지 않는 게 나을 것 같았다. 뭐라 할 말이 없었다. 아니 더 말했다 가는 큰 싸움으로 번질 것 같았다. 은수 행동에 놀라 겁을 잔뜩 먹은 정욱이는 날아간 베개를 주워 구석에 누웠다. 불이 꺼지고, 한동안 작게 훌쩍이던 정욱이도 잠이 들었는지 고요해졌다.

나는 소리 없이 일어나 살그머니 밖으로 나왔다. 나는 이곳에

온 이후 울었던 적은 없었다. 그렇다고 울고 싶었을 때가 없었던 것은 아니다. 이유가 있어도 울고 싶었고, 이유가 없어도 울고 싶었다. 그럴 때면 마당 한가운데 있는 연못으로 가 앉아 있곤 했다. 굳이 이유를 갖다 붙이자면 나와 비슷한 시기에 온 비단잉어 한 마리가 있다. 나는 혹시나 텃새는 당하지 않고 잘 있나 가끔 살펴보곤 했다. 물고기는 인간들과 다른가 보다. 눈을 뜨고 있었지만 잠이 든 것 같았다. 움직이지 않고 물 위에 평화롭게 둥둥 떠 있었다. '다행이네, 근데 나는 좀 힘들다.'

지금처럼 슬플 때면 나는 다시 곱씹어 되뇌는 게 하나 있다. '내게는 서준이가 있다. 서준이가 있다. 나는 혼자가 아니야. 쫄지 말자.' 몇 번이고 되풀이해 속으로 말했다. 오늘도 반짝이는 하늘을 올려다보며 또 되뇌었다. '엄마, 나 잘 지내고 있는 거 맞지? 나 보고 있지?'

전학 간 중학교는 정희 이모 말대로 보육원 가까이에 있었다. 학년마다 우리 보육원 아이들이 많았다. 원장 할머니는 매일 아침 등교하는 우리에게 같은 말을 일러 보낸다.

"서로를 위해 줘라. 도와주고, 아껴 주고……. 특히 동생들 잘 돌봐 줘야 한다."

매일 듣는 말이라 그런지 대답하는 둥 마는 둥 하면 보육원 선생님이 머쓱해 말한다.

"얘들아, 얼른 대답해야지!"

반복되는 생활의 연속이다. 웃으면서 차에 오르고 내리지만 나는 마음 한쪽이 조금씩 비어 가고 있었다. 나를 위해 마음 써 주는 원장 할머니, 정희 이모를 생각하면 잘 지내야 한다는 마음에 무조건 웃는 얼굴로 지냈다. 내 마음이 비어 가고 있는 것을 나 자신도 모른 척 지나려 애썼다.

하루가 유난히 지루하게 길었던 어느 날이었다. 겨우 학교를 마치고 보육원에 도착해 버스에서 막 내릴 때였다. 보고도 믿기지 않아 눈을 비볐다. 저만치에 예원 아줌마가 보였다. 2층 방 창문 밖으로 이불을 털고 있었다.

나는 그 순간 무엇을 해야 할지 몰라 갈팡질팡했다. 가슴은 앞질러 '쿵쾅쿵쾅' 정신없이 뛰었다. 내 방으로 가려다 말고 서준이를 먼저 보러 갔다. 서준이는 잠들어 깨어날 기미가 보이지 않았다. 자는 서준이를 보고 있어도 뛰는 가슴은 얌전해지지 않았다. 심호흡을 길게 해도 할 일이 퍼뜩 생각나지 않았다. 그때였다. 선생님이 밖에서 우리를 부르는 소리가 들렸다. 그 소리에 얼른 창밖으로 얼굴을 내밀었다.

"얘들아, 오늘 빨래와 미용 봉사를 오셨거든. 다 돌아간 세탁기에서 빨래를 꺼내 바구니에 담아 가지고 가서 봉사자분들하고 같이 널어 줄래?"

"네!"

우왕좌왕하는 내게 해법 미션을 내려준 셈이다. 예원 아줌마에게 자연스럽게 다가갈 핑곗거리가 생겼다. 나도 모르게 발걸음이 점점 빨라졌다. 얼른 세탁실로 가 빨래를 될 수 있는 한 가득 바구니에 담았다. 그 모습을 보던 선생님이 내게 말했다.

"서우야, 너무 무리하는 거 아니니? 조금만 덜자."

"히히히, 괜찮아요, 선생님!"

아닌 게 아니라 너무 무거워 중간쯤 가다 쉬어야 했다. 보육원 뒷마당 언덕 위로 오를 땐 '낑낑'대며 겨우 올랐다. 보미 누나가 앞서가고 나는 그 뒤를 따라갔다. 보미 누나는 뒤에서 봐도 한눈에 싫은 빛이 역력했다. 바구니 든 팔을 축 늘어뜨리고 걸었다. 바구니 밑바닥이 거의 땅에 닿을 것 같았다. 보미 누나 뒤를 따라가는 발걸음이 너무 더뎠다.

"보미 누나, 힘!"

누나는 내 말에 빙긋 웃어 보였다. 평소 보미 누나는 괜히 멋져 보이는 구석이 있었다. 누구하고 말도 잘 안 하고, 자존심이 아주 강하지만 우리에게는 누나다운 따뜻한 면이 있었다. 하지만 봉사자들에게는 우리를 대하는 것과 다르게 까칠했다.

보미 누나가 예원 아줌마 곁으로 다가가 까칠하게 말 한마디를 던지고 바구니를 내려놓았다.

"안녕하세요. 고맙습니다."

아줌마는 아무 말이 없었다. 누나는 아줌마를 곁눈질로 흘깃 쳐다보더니 말없이 빨래를 널었다. 대신 꼬깃꼬깃한 빨래를 펴기 위해 여러 번 세차게 내리쳤다. 예원 아줌마와 보미 누나가 닮은 꼴인 것 같아 웃음이 나왔지만 나는 웃음을 애써 참으며, 우물쭈물하다 못 본 척 한마디했다.

"여기 빨래요."

무뚝뚝하게 말한 후 바구니를 내려놓고는 슬쩍 예원 아줌마 옆으로 다가섰다. 아줌마는 빨랫줄에서 눈을 돌리지 않고 말했다.

"너도 널어. 저 애처럼 이렇게 탁탁 털어서……."

아줌마는 보미 누나가 말하는 거, 빨래 너는 거 다 봤던 것이다. 왜 보미 누나 말에 대꾸도 안 한 거지? 그 생각을 하니 딱히 할 말이 떠오르지 않았다. 주춤했던 나는 그제야 알아본 척 목소리를 높였다.

"어, 그 아파트 아줌마다. 근데 아줌마가 여긴 웬일이세요?"

아줌마는 내 말에 전혀 흔들림 없이 덤덤하게 대답했다.

"왜 나는 여기 오면 안 되니? 그러는 너는? 간다는 말도 없이 여기는 왜 와 있는데? 가는 곳도 말 안 하고, 메모……."

“아줌마, 혹시 저 찾으셨어요?”

실 끝을 찾지 못해 얽힌 실뭉치를 뒤적이듯 내 머릿속이 얽혔다. 나는 마음을 가라앉히고 물었다.

“근데 조금 전 뭐라고 하셨어요? 메모? 혹시 제게 반찬 갖다주신 분이 아줌마예요?”

아줌마는 빨래를 다 널고도 하릴없이 빨랫줄에 걸린 빨래를 ‘툭툭’ 치며 아무렇지 않은 척 말했다.

“반찬이라니? 나는 도통 네가 무슨 말을 하는지 모르겠구나. 그리고 찾긴 누가 찾았다고 그래? 아침마다 어린 동생 안고 뛰는 네가 안 보이는 걸 그 아파트에서 나만 궁금했겠니?”

예전이나 지금이나 아줌마 말은 퉁명스럽기 짝이 없었다. 아까 아줌마를 보자마자 우왕좌왕했던 내가 무안해질 정도였다. 아줌마는 바구니가 빈 줄 모르고 손을 넣어 휘저었다. 나는 무안한 마음을 참고, 바구니를 들어 털어 보이며 ‘씩’ 웃었다. 아줌마는 나를 흘낏 보고는 널린 빨래를 또 공연히 ‘탁탁’ 쳤다.

“그러니까 제가 궁금했다는 거죠?”

“어머, 얘 좀 봐! 왜 앞서가니? 저번에도 느낀 거지만 넌 참 버릇이 없어. 어쩌면 어른한테 한마디를 지는 법이 없니? 아직도 어른한테 말대꾸를 그렇게 꼬박꼬박한다니? 그러면 못 써.”

“아줌마도 그렇게 친절한 말투는 아니라고요.”

"저 봐! 또, 또……또."

그 말을 하자마자 아줌마는 급히 뒤를 돌았다. 어깨가 살짝살짝 들썩였다. 내 입꼬리도 실룩댔다. 언덕 위 빨랫줄에 널린 빨래가 바람에 펄럭였다. 우리 둘의 웃음소리도 바람을 타고 살랑거리며 퍼져 나갔다. 그 후 웃음은 그치고 금방 우리는 어색해졌다. 정작 물어볼 말이 있었는데 그 말들은 꺼내 보지도 못했다. 막상 마주하니 기억을 지우개로 지운 듯이 하나도 생각나지 않았다.

때마침 저만치서 나를 향해 반갑게 손 흔드는 정희 이모가 눈에 들어왔다. 나는 이모를 부르며, 언덕 아래로 한달음에 달려 내려갔다.

"이모!"

나는 이모에게 와락 안겼다. 너무 세게 안겼는지 이모 몸이 뒤로 휘청했다. 그런 나를 예원 아줌마가 물끄러미 내려다보고 있었다. 정희 이모도 내가 반가웠던지 과장되게 말했다.

"에코, 그새 확 커 버렸네. 금방 청년이 되겠는걸, 우리 서우가. 어쩜 이리 부쩍 큰 것 같지? 머리도 길었구나. 오늘 이모가 멋지게 이발해 줄게!"

"근데 이모, 저 아줌마 아세요?"

"저번에 만났잖아. 그때 사귀어 놨지. 내가 누구니? 호호호! 근데 의외로 괜찮은 사람 같아. 보육원 봉사 같이 가자고 하니까 흔

쾌히 알겠다고 하더라. 말하면서도 까칠하게 거절할 거라 예상하고 물었거든. 겉모습은 안 한다고 할 것 같은 묘한 분위기가 있잖아. 호호호!"

하여간 정희 이모의 사교성 하나는 알아줘야 한다. 봉사를 마친 정희 이모와 아줌마가 돌아갈 때였다. 몇몇 아이들과 함께 배웅을 나갔다. 정희 이모는 인사를 하고 또 했다. 나도 예전에 서준이를 태운 어린이집 버스가 멀어지는 걸 오랫동안 차가 안 보일 때까지 바라보고 서 있었던 적이 있다. 아줌마는 뒤도 안 돌아보고 가 버렸다. 너무 아쉬웠다.

그때 빈정거리는 소리가 들려왔다.

"이번에는 이모도 왔냐? 가족 있는 놈이 여기 왜 왔어? 아주 이 자식은 여기가 자기 집 같아."

또 은수였다.

"너는 왜 내 말마다 시비니? 여기가 내 집이 아님 어디니? 우리한테 집 맞잖아?"

"어디다 우리래? 할머니, 이모……, 거기다 처음 보는 아줌마와 깔깔대고……."

"처음 보는 아줌마 아니거든? 너도 이모라고 부르고 싶으면 그렇게 해."

"이 자식이 어디다 인심을 써? 처음에 와서부터 벙실대고, 정말 기분 나쁜 자식이야."

요즘 부쩍 은수는 사사건건 나를 못마땅해한다. 은수 말처럼 내가 할머니라고 부르며 아주 잘 지내는 것 같은가! 나는 이곳에 적응하려고 안간힘을 쓰고 있는데……. 전에 다니던 학교에서 괴롭히던 아이들을 피했나 싶었는데 은수가 그 대타로 나섰나 보다. 나는 은수 말에 대꾸하는 대신 구석에 웅크리고 있는 정욱이를 불렀다.

"정욱아, 너희 반 리코더 배운다며? 형이 조금 알려 줄게. 리코더 가져와. 형한테……."

얼굴이 금방 밝아진 정욱이가 가방에서 리코더를 꺼내 내게 오는데 은수가 발을 걸었다. 정욱이는 바닥에 코를 박고 말았다. 근데 정욱이는 울지 않았다. 두 눈에 눈물이 차올랐는데도 울음을 물고 있었다. 입술을 꾹 물고, 울음이 터지려 하자 입을 손으로 막았다. 너무 화가 치밀었다. 나는 너무 가여운 마음이 들어 정욱이를 일으켜 세우며 말했다.

"정욱아, 울어야지. 아프니까 울어야지, 왜 참아? 다치지 않았어? 은수, 너 정말 이럴 거야?"

정욱이는 눈물을 삼키며 소리 없이 울었다. 그 모습을 지켜보던 은수가 만족한 듯 미소 지었다. 나중에 동근이가 살며시 내게 말해 줘서 알게 되었다.

"서우 형, 은수 형이 정욱이 보고 울지 말랬어. 울면 때려 준다고."

"왜?"

"뻔하지. 자기가 대장 노릇 해야 하는데 정욱이가 형만 좋아하니까 기분 나쁜 거겠지, 뭐! 여기서 정욱이만 형 좋아하나? 다 좋아하지?"

나는 그렇게 말해 주는 동근이의 머리를 쓱쓱 흔들며 웃어 주었다. 나는 은수를 이해할 수 없었다. 은수는 원장 할머니나 선생님들에게 귀염을 받는 아이이다. 예의 바르다고 학교에서도 칭찬받고 있는 모습을 자주 봤었다. 동근이 말대로 보육원에서는 대장이나 다름없다. 그 아이 말이라면 다들 군말 없이 따른다. 어른들에게 보이는 모습과 다르게 아이들을 대한다. 나는 무조건 은수에게 복종하고 싶지 않았다. 너나없이 모두와 잘 지내고 싶을 뿐이다. 여기 모두가 갖가지 상처 하나씩은 다 갖고 있다. 그런 사람끼리 상처 주는 것은 정말 원하는 일이 아니다. 원장 할머니 말대로 서로 돕고, 위해 주는 사이가 되고 싶었다.

은수에 대해 아는 게 없지만, 오랜 시간 혼자 노숙을 하며 살았을 정도로 강한 아이라는 얘기를 들었다. 부모에 대해 아무 기록이 없는 게 은수의 특징이라고 했다. 은수는 어른들의 비위를 잘 맞춘다. 보육원에서나 학교에서나 어른들 말에는 눈을 맞추고 대답을 참 열심히 한다. 그런 은수가 아이들의 '짱'인 것을 어른들은 눈치채지 못했다. 원장 할머니와 선생님의 눈을 피해 교묘히 행동하기 때문인 것 같다.

나는 원장실 문을 가만 두드렸다. 안에서 원장 할머니 목소리가 들렸다.

"들어오세요."

"저어……."

"어이구, 우리 서우구나. 어서 오렴."

"저어, 할머니! 저 이제부터 원장님이라고 부를게요."

원장 할머니는 의아한 표정으로 나를 봤다. 나는 고개를 숙인 채 할머니 눈을 피해 말했다.

"여기 아이들하고 같이 지내니까 그렇게 하려고요."

원장 할머니는 내게 더는 이유를 묻지 않았다. 웃는 건지, 우는 건지 나를 바라보는 표정이 묘했다. 그냥 내 손만 잡고 몇 번을 쓸어내렸다. 확실한 이유는 몰라도 내 마음을 바로 안 것 같았다. 원장 할머니가…….

나는 이것으로 은수와의 문제를 해결했다고 생각했다. 깊이 생각한 후 내린 결론이기 때문이다. 그것은 나의 큰 착각이었다. 은수를 모르고, 너무 쉽게 생각했던 것이다. 내게 어마어마하게 큰 일이 기다리고 있는지 꿈도 꾸지 못했다.

보육원에 아이들이 공부하다 모르는 것은 모두 내게 가져온다.

"서우 형, 이것 좀 봐줘."

"응, 뭔데?"

선생님들까지 나를 부르는 일이 늘어갔다.

"서우야! ○○ 수학 좀 가르쳐 줄래? 선생님 때는 이렇게 안 배워서 모르겠다."

나는 내가 할 수 있으면 거절하지 않고 거의 해 주는 편이다. 그 덕에 아이들이 우리 서준이와 잘 놀아 줘서 좋다. 서준이는 형이랑 누나가 많아서 요즘 신이 났다. 밥도 잘 먹고, 먹은 후 토하는 것도 없어졌다. 이곳에 온 지 얼마 되지 않은 사이 서준이가 쑥쑥 자란 게 눈에 보였다.

제 이름은 정예원입니다

교실에 막 들어가려 문을 열려고 할 때였다. 유리문으로 보이는 교실 안이 웬일인지 어수선해 보였다. 웅성웅성 말소리가 크게 들렸다. 거기다 담임 선생님이 내 가방 안에 있는 것을 모두 다 책상 위에 쏟아 놓고 있었다. 어리둥절해진 나는 서둘러 문을 열고 들어갔다. 나는 아이들 사이를 비집고 선생님 앞으로 가 섰다.

"왜 그러시는데요? 선생님!"

"마침 잘 왔어, 박서우. 네가 정말 아이들의 돈을 뺏은 거니? 선생님은 보고도 믿어지지 않는구나. 솔직히 말해 주렴."

나는 도무지 알 수 없는 소리였다. 내가 누구 돈을 뺏었다는 걸까? 나는 듣고도 내 귀를 의심했다.

“선생님, 그게 무슨 말씀이세요? 제가 아이들 돈을 뺏었다니요! 저는 그런 적 없어요. 선생님이 잘못 알고 계신 거 아니에요?”

“나도 그렇게 믿고 싶다. 네게 돈을 빼앗겼다는 아이들이 있어. 그리고 돈까지 여기 이렇게 네 가방에서 나왔단다. 선생님도 믿고 싶지 않아. 하지만 여기 이 돈은 뭐라고 설명할 거니?”

아닌 게 아니라 처음 보는 돈이 보였다. 그래도 아닌 것은 아닌 거다. 나는 끝까지 내가 한 일이 아니라고 말했다. 급기야 선생님은 내게 돈을 빼앗겼다는 아이들을 내 앞에 세웠다. 담임 선생님이 그 아이들에게 물었다.

“너희가 아까 말한 대로 분명히 박서우한테 돈을 뺏겼다는 말 정말이니? 교실 뒤 분리 수거장에서……, 맞니?”

아이들은 내 얼굴을 보지 않고, 기어들어 가는 소리로 쭈뼛거리며 대답했다.

“……네!”

“박서우, 이래도 아니라고 할 거니? 이런 일을 한 것도 나쁜 일이지만 거짓말은 더 나쁜 거야. 지금이라도 솔직히 말해라.”

그 모든 광경을 보고 들었는데도 나는 믿어지지 않았다. 그런 엄청난 일을 다름 아닌 내가 했다니! 진짜 그런 짓을 내가 했다는 거야? 도저히 믿을 수 없었다. 아무리 생각해도 절대 인정할 수 없었다.

"야, 너희들! 내 눈 똑바로 보고 말해. 내가 그랬다고? 말도 안 되는 소리! 거짓말하지 마! 어서 거짓말이라고 해. 아니라고 하란 말이야."

그렇게 말했을 때 그 아이들은 마치 내게 겁에 질린 것처럼 나를 보지 않았다. 마치 내가 아주 무서운 사람이 된 것 같았다. 한 아이가 기어들어 가는 작은 목소리로 말했다.

"나보고 네가 돈 내놓으라고 했잖아."

담임 선생님이 이어 말했다.

"서우야, 너 지금 뭐 하는 거야? 선생님은 정말 너한테 실망이다. 아무래도 내일 원장님을 만나야겠구나."

엄마가 있을 때도 나는 이런 일을 만들지 않으려고 얼마나 애썼는데……. 나는 지금 아주 끔찍한 악몽을 꾸는 것만 같았다. 이제껏 아이들이 나를 아무리 놀려도 참았다. 그런데 보육원에 와서 이런 말도 안 되는 웅덩이에 빠지다니……. 말도 안 돼! 수업을 마치고 무거운 마음으로 보육원에 돌아왔다. 아무 일 없다는 듯 보육원은 고요했다. 원장 할머니는 나를 평상시처럼 맞이해 주었다. 지옥 같은 날이 저물고 밤이 깊었는데 잠이 오지 않았다.

선생님은 내가 아무리 아니라고 해도 내 말을 믿으려 하지 않았다. 난데없이 나온 그 돈을 나보다 더 믿었다. 나는 더는 이곳에 있을 수 없었다. 모두 잠든 사이에 나는 자는 서준이를 안고 살그머니 아무도 모르게 보육원을 빠져나왔다. 그리고 무작정 걸었다. 얼마나 걸었을까, 보육원으로 향할 때 길게 난 메타세쿼이아 길이 나왔다. 쉬지 않고 걷고 또 걸었다. 잠든 서준이를 안았다 업기를 반복하며 걸었다. 숨이 턱까지 차올랐지만 걷기를 멈출 수 없었다.

'내게 왜 이런 일이 생겨? 내가 얼마나 이를 악물고 참고 사는데……. 그래도 원망하지 않고 살았다고! 그렇다고 엄청난 것을 바란 적도 없었어! 단지 엄마만은 내 곁을 떠나지 않길 바란 것 말고는 없었다고!'

나는 그렇게 큰 소리로 외치고 싶었다. 우체국 앞 버스 정류장 벤치에 앉으려는데 다리가 굽혀지지 않았다.

미끄러져 내리는 서준이를 추켜올리느라 몇 번을 들썩였는데, 서준이는 아직도 세상모르고 자고 있었다. 천만다행이라 생각했다. 바로 그때였다.

"얘! 너……, 서우……."

여기서 나를 부르는 귀에 익은 목소리가 들리다니……. 오래 걸었고, 우체국 앞 정류장에서 버스를 탄 것까지는 기억이 났다. 하지만 버스를 몇 번이나 갈아탔는지는 기억나지 않았다. '여기는 어디지? 이곳에서 나를 부를 사람이 누구지?' 멍해진 나는 힘없이 뒤를 돌아봤다. '세상에 말도 안 돼.' 그 사람은 다름 아닌 예원 아줌마였다. 그곳일 거라고는 상상도 못 했다. 그곳은 엄마와 살았었던 아파트였다. 그리고 아무리 생각해도 이해가 안 되는 일이 벌어졌다. 내가 서준이를 안은 채 달려가 예원 아줌마에게 와락 안겨 울다니…….

"아줌마!"

"야, 너……. 여길 어떻게……."

그때 내 울음소리에 얼떨결에 깬 서준이까지 울음을 터뜨렸다. 아줌마는 어찌할 바를 몰라 이마를 짚었다가, 멀쩡한 옷을 여미느라 분주했다. 아줌마는 길 위에서 울던 우리 둘을 데리고 101동 내가 살았던 곳으로 데리고 갔다. 상상도 못 했던 아줌마 집까지 가게 된 것이다. 말씨는 예전하고 변함없이 딱딱하게 말했다.

"뭐 해? 들어오지 않고. 어서 들어와!"

나는 마치 피노키오가 된 듯 몸이 따로 놀았다. 들어갈까 말까 방황했다. 그런 내게 아줌마는 무덤덤하게 다시 말했다.

"들어오라니까! 어서……."

아줌마는 내게 고개를 까딱이는 몸짓으로 들어오라고 했다. 아줌마 집은 반짝반짝 빛이 났다. 밖에 나와 있는 물건 하나 없이 깨끗했다. 까치발을 떼고 될 수 있는 한 바닥을 적게 밟아야 할 것 같이 조심스러웠다. 하지만 그것만은 참을 수 없어 다급하게 말했다.

"아줌마, 저…… 화장……."

"뭐, 화장실? 저기!"

나는 쏜살같이 아줌마가 가리키는 곳을 향해 종종걸음을 치며 갔다. 아줌마 집에 들어가자마자 금방 실수라도 할 것 같이 오줌이 마려웠다. 급한 불을 끄고 나오니 다시 발걸음이 조심스러워졌다. 아줌마는 다짜고짜 내게 물었다.

"여기에 그냥 올 리는 없을 테고, 그렇다고 날 만나러 왔을 리는 더더욱 없을 테고, 너 무슨 일 있었니?"

아까 무턱대고 나왔던 눈물은 온데간데없었다. 막다른 길에 서 있는 것처럼 피할 곳이 없었다. 아줌마와 그럴 사이도 아니고, 아줌마가 친절한 것도 아닌데 나는 줄줄 다 말해 버렸다. 그다음 아줌마의 반응은 더 예상 밖이었다.

"너는 분명 안 했다는 말이지? 일어나! 가자."

"어디를요?"

나는 눈이 동그래져 물었다.

"어디긴? 너희 학교지. 아닌 건 아니라고 밝혀야지. 네가 지금 학교에 안 가면, 그 일을 시인하는 것과 같아. 아마 지금쯤 너는 학교에 차마 못 온 걸 거라고 단정했을지 몰라. 그럼 너무 억울한 일이잖아? 잘못된 것은 빨리 바로 잡아야지."

그런데 그때 내 의도와 다르게 내 배가 먼저 선수를 쳤다. 내 배 속에서 '꼬르륵' 소리가 번개 치듯 크게 났다. 그 소리를 따라 아줌마의 시선이 내 배로 옮겨졌다. 나는 너무 부끄러워서 쥐구멍이라도 있으면 숨고 싶었다. 아줌마는 아무렇지 않은 듯 내게 말했다.

"어머, 너 배고프구나? 하긴 새벽에 나왔으니 지금 시간이 몇 시니? 얼마나 배가 고프겠어? 잠깐 있어라. 내가 얼른 밥 차려 줄게!"

솔직히 배는 고팠지만 여기서 어떻게 밥을 먹을까 난감했다. 먼지 하나 없는 집에, 식탁 위에는 아무것도 없었고, 하얀 대리석이 반짝반짝 광이 났다. 서준이까지 데리고 어떻게 얌전히 밥을 먹을 수 있지? 진땀이 난 나는 서둘러 말했다.

"……아, 아, 아니에요. 저 괜찮아요."

내가 손사래를 치며 말했지만, 아줌마는 들은 척도 하지 않고 부엌으로 갔다. 조금 진정이 됐는데 다시 가시방석이 따로 없어졌다. 고소한 기름 냄새와 그 위에 무언가 익느라 '토토 탁, 토 탁 탁!' 들썩이는 소리가 나를 무너지게 했다. 맛있는 냄새가 나기 시작하자 내 배 속에서 참을성도 잃은 채 더 크게 꼬르륵 소리가 났다. 서준이를 꽉 끌어안아도 내 배는 좀처럼 잠잠해지지 않았다. 얼마 안 있어 아줌마가 우리를 불렀다.

"서우야, 얼른 와. 애기를 어디다 앉히지? 우리 집은 아기 의자가 없어서……."

아줌마가 내 이름을 부르는 것이 언제부터 이리 자연스러웠지? 그조차 나를 두근거리게 했다.

"아니에요. 제가 안고 있으면 돼요."

부엌으로 가니 눈이 휘둥그레질 정도로 진수성찬이 차려져 있었다. 노란 계란말이와 불고기, 콩나물무침, 멸치볶음까지 내가 좋아하는 반찬이 가득했다. 어느새 서준이를 위해 소고기를 잘게 다져 넣은 볶음밥까지 해 놓았다. 빨갛고, 노란 그리고 초록 야채가 아주 먹음직스러웠다. 나는 체면을 지켜야 했지만 그럴 겨를도 없이 먹어 치웠다. 정말 이상한 것은 처음 먹어 보는 반찬인데, 맛이 너무나 익숙했다. 배고픈 게 해결되니까 잊힌 기억이 되살아나는 것 같았다. '어디서 이걸 먹어 봤더라? 언제 먹었더라? 누가 해 준 적이 있는데……' 하는 생각이 꼬리에 꼬리를 물다 드디어 기억이 났다. 아하, 그 쇼핑백! 나도 모르게 흥분된 목소리로 말했다.

"아줌마였어요!"

"뭐가?"

"이 계란말이, 콩나물무침, 멸치볶음……."

울컥해 내가 눈물을 글썽이며 말했다.

"밥 먹다 울면 소화가 되겠니? 우선 먹는 거에 집중해. 애기처럼……. 저기 봐."

내 아래 앉은 서준이는 작은 찻상 위에 놓인 볶음밥을 먹는 것 반, 흘린 것 반으로 아주 열심히 먹고 있었다. 밥알이 여기저기 떨어져 난리였다. 내가 얼른 일어나 치우려 하자, 아줌마는 아주 냉정하게 말했다.

"너도 밥 먹으라고. 애기는 제 밥 잘 먹는 거잖아. 내가 치워, 너나 얼른 먹어."

그 말에 꼼짝없이 밥을 먹었다.

그때 위층에서 '우당탕탕!' 요란한 소리가 났다. 소리가 커서 천장을 올려다보는데 아줌마가 내게 말했다.

"아, 위층에 꼬맹이가 둘 있어. 처음엔 저 소리를 못 참아서 어지간히 올라갔었지. 참, 언젠가 나 무서워하던 그 꼬맹이들. 너도 본 적 있잖아. 후후후! 난 씩씩거리며 따지러 올라갔더니 한 녀석은 바퀴 달린 말을 타고 나오고, 한 녀석은 큰 장난감 자동차를 밀고 나와 나를 보고 방실방실 웃더라. 거기에 더 열 받았던 적이 있었는데, 요즘은 잘 지내. 언제부터 그리됐어. 나도 이상해. 벼락치는 소리가 나도 이젠 참아져. 남편도 나보고 이상하대."

나는 아줌마가 수다스러운 사람인 줄 몰랐다. 내가 묻지도 않은 말을 멈춤 없이 줄줄 말했다. 나와 눈이 마주치니 아줌마는 갑자기 말을 스스로 끊었다.

"흠흠, 다 먹었으면 가자."

아줌마는 내가 묻는 말에는 결국 대답하지 않고 일어났다. 서둘러 차 열쇠를 들었다. 나와 서준이를 차에 태운 예원 아줌마는 정말 학교를 향해 갔다. 서준이는 마치 소풍 가는 양 신나 창밖 풍경에 감탄사를 연발했다. 신난 건 좋지만 아줌마의 눈치가 보여 불안했다. '얘, 동생 좀 얌전히 가게 해라. 운전하는데 정신이 산란하잖니?' 할 것만 같았다. 이제껏 봐 온 바로는 아이를 엄청나게 싫어하는 아줌마였다. 그렇지 않고서야 어린이집 버스와 아침마다 그렇게 싸웠을 리가 없었다.

"서준아, 쉿!"

불안한 마음에 서준이의 입을 손으로 가리며 말했다.

"내버려 둬. 신나서 그러는 걸 왜 막아?"

"아줌마, 시끄러우실까 봐요……."

"나? …… 네 눈에도 내가 별스러워 보이는구나? 아냐, 괜찮아. 시끄럽지 않다고 아까 말했잖아. 우리 집 위층 꼬맹이들 뛰는 거, 요즘은 안 거슬린다니까."

나는 아니라고 대답을 못 했다. 아줌마는 그런 나를 흘깃 봤다.

"너도 빈말을 참 어지간히 못 하는 아이구나? 다른 애들 같으면 '아니오'라도 했을 거야. 그 점은 나와 비슷하네. 내가 별스러운 건 별스러운 거지. 그렇지? 노란 버스와 씨름하는 모습만 보여 줬잖아. 흠!"

확실치는 않지만, 아줌마와 내가 웃었던 것 같다. 그때까지만 해도 앞으로 벌어질 일이 두려웠다. 쉬지 않고 달려가니 금방 학교에 도착했다. 아줌마는 거침없이 우리 교실로 돌진해 걸어갔다. 한 학년에 한 반밖에 없기 때문에 마치 잘 아는 사람처럼 2학년 교실 문을 두드렸다. 담임 선생님은 문을 열자마자 내게 급히 다가와 다짜고짜 내 손을 잡았다.

"서우야, 어디 있다 왔니? 얼마나 찾았다고. 그나저나 선생님이 너한테 미안해서 어쩌니?"

반 아이들의 시선이 한꺼번에 내게 쏠렸다. 나만큼이나 당황한 건 아줌마도 마찬가지였다. 내 결백을 밝히려 작정하고 온 것 아니었나! 한마디도 하지 않았는데 사건이 마무리된 것 같은 이 말은 무엇일까? 담임 선생님은 내 곁에 선 예원 아줌마는 보이지 않는 눈치였다. 왜 나랑 학교에 왔는지 묻지도 않았다. 꿀 먹은 벙어리가 되어 아줌마는 기둥처럼 서 있을 수밖에 없었다.

"얼른 원장님께 전화부터 드려야겠다. 너 없어졌다고 보육원에 난리가 났거든."

담임 선생님은 서둘러 휴대폰을 들었다.

"여보세요? 원장님! 저 서우 담임입니다. 방금 서우가 왔어요. ……아, 아니요. 학교로요. 지금 제 앞에 있어요. 아, 네네. 다친

데? 잠시만요."

전화기를 귀에서 떼고 내게 물어보려 하자 나는 고개와 손을 흔들었다.

"아, 네. 없다고 하네요. 지금 오시겠다고요? 네, 이따 뵙겠습니다."

담임 선생님은 통화를 마치고 나서야 예원 아줌마가 눈에 보였는지 인사를 했다.

"아 참, 제가 정신이 없어서 인사가 늦어 죄송합니다. 서우랑은 어떻게 되시죠?"

"저요, 음…… 정예원이라고 합니다. 저는 그전에 서우와 같은 아파트에 살았고, 또……."

아줌마는 자신의 이름을 똑똑 끊어 말하더니 달리 할 말이 없어 말꼬리를 흐렸다. 그러더니 이대로 그만둘 수 없다는 듯 첫소리를 유난히 크게 내며 다시 말했다.

"저와 만났으니 천만다행한 일이지, 여기서 거기가 어디라고 어린 동생을 데리고 왔는지……. 얘기를 들어보니 기막힌 누명까지 쓴 거잖아요. 제가 이 아이에 대해 아는 바는 많지 않아요. 그리고 제가 정확하지 않으면 말 안 하는 사람이지만 이건 말도 안 되는 일 아닌가요? 더 신중하셔야 했다고 봅니다. 보아하니 해결됐나 보군요. 제 동생을 살뜰히 챙겨 어린이집 버스에 매일 아침

태워 보낸 아이예요. 엄마한테 응석이나 부릴 나이에 일찍부터 그렇게 속 찬……. 그런 일을 할 만한 애가 못 된다고요."

예원 아줌마가 저런 말을 하다니……. 나는 아줌마가 나에 대해서 아는 바가 없다는 말보다 아는 게 참 많다는 생각이 들었다. 이제껏 엄마가 학교에 찾아와 선생님과 말한 기억이 내게는 없다. 나도 모르게 울컥 눈물이 날 것만 같았다.

담임 선생님이 그렇게 절절매는 모습은 처음 본다. 미안하다는 말을 수도 없이 했다. 그런데도 아줌마는 올린 턱을 내리지 않았다. 나를 위해 학교에 찾아와 누군가 말해 준 것도 처음이다. 처음 느끼는 묘한 이 기분은 뭘까?

몇 분이 지났을까 원장 할머니가 도착했다. 엄마가 하늘로 간 이후 두 번째 슬픈 얼굴이 되어 나를 바라보았다. 내 어깨를 품에 안고 쉼 없이 쓸어내렸다.

"할머니한테 말하지 않고……, 할머니도 너를 안 믿어 줄 것 같았니? 어린 마음에 얼마나 무서웠을까! 은수가 꾸민 일이라는데……. 은수가 보육원에 와서 그리고 학교에 다니면서 처음으로 받은 사랑을 너한테 뺏길까 봐 두려웠나 봐. 그런데 할머니한테는 은수도 우리 서우도 소중하니 어쩌니?"

나는 속으로 생각했다. '아, 이 일은 은수가 만든 일이었구나!' 교실을 둘러봤는데 은수가 보이지 않았다.

"은수는 지금 어디 있어요?"

"보육원에 선생님과 같이 있단다. 은수도 많이 불안해하고 있어서……."

"죄송해요. 할머……, 아니 원장님!"

"녀석, 이제는 그대로 할머니라고 불러. 내 잘못이다. 내가 세상을 수십 년을 살았는데 아직도 생각이 부족하구나. 은수는 네가 온 이후 사랑을 빼앗겼다고 생각했나 봐. 생각지도 않았던 순둥이 정욱이가 용기를 내서 내게 말해 주더구나. 은수가 꾸며 낸 일이라고. 은수는 정욱이가 말한 줄 모르니까, 서우야, 무슨 뜻인지 알지? 그나저나 어딜 갔던 거야? 연락할 곳이라고는 정희밖에 없어서 얼마나 애가 탔는지……."

원장 할머니는 예원 아줌마가 옆에 있는 것조차 모르는 듯 보였다.

"잘못했어요, 할머니! 도저히 제 결백을 밝힐 수 없을 것 같아서 막막했어요. 할머니를 포함해 여러분들이 실망할 걸 생각하니 앞이 더 캄캄했어요. 생각 없이 그냥 갔는데 옛날에 살던 아파트였어요. 거기서……. 예원 아줌마를 만났어요."

그제야 원장 할머니는 아줌마를 알아보았다.

"아이고, 예원 씨! 예원 씨가 우리 서우를?"

"아침에……, 그래도 다행히 저를 만났던 거죠. 이야기를 듣고 나니 그냥 있을 수 있어야죠. 우선 학교부터 온 거예요. 해결되었다니 다행입니다. 그럼 전 이만!"

아줌마는 다시 처음 봤을 때 그 표정으로 돌아간 듯 인사를 한 후 턱 끝을 높이 올렸다. 아줌마는 나에게 잘 지내라는 말도 없이 멀어져 갔다. 그럴 줄 모르고 나는 손을 들어 흔들려다 슬그머니 남몰래 내렸다. 누가 뭐라고 하지 않았는데 내 얼굴은 빨개졌다. 나는 학교에 남고, 서준이는 원장 할머니가 데리고 갔다.

수업을 마치고 보육원에 돌아왔다. 정희 이모까지 와 있었다. 나를 보자 한걸음으로 달려왔다. 아주 슬픈 표정으로 내 어깨 위에 손을 얹었다. 내가 사라져 보육원과 학교, 정희 이모까지 한바탕 회오리가 불었던 게 분명했다. 나는 미안한 마음에 더 고개를 들 수 없었다. 그런 내게 정희 이모는 계속 미안하다고 했다. 이모는 자기가 신경 못 써 준 탓이라고 자책했다. 쉽게 발을 못 떼고 나와 함께 저녁까지 먹은 후 돌아갔다. 나는 늦은 저녁 원장 할머니와 연못가로 함께 갔다. 개구리 우는 소리가 들렸다. 그 소리만 들리니까 주변이 더 고요하게만 느껴졌다. 원장 할머니는 내게 물었다.

"지금 기분은 어떠니? 아파트에는 어떻게 가게 된 거니? 어린 네가 오죽 갈 곳이 없으면 그곳에 갔을까 생각하면 마음이 아프구나. 엄마 생각이 그렇게 많이 난 거니?"

"저도 모르게 가게 된 곳이 그곳이었어요. 엄마 생각은 가는 버스 안에서 많이 났고요. 거기서 아줌마를 만났는데 정신이 번쩍 나더라고요. 예원 아줌마 완전 까칠하거든요."

원장 할머니가 갑자기 크게 웃었다.

"뭐, 까칠? 요즘 너희가 쓰는 말이니? 근데 왠지 할머니도 많이 공감되는 말이라 웃음이 나오는구나. 하지만 오늘 보니 마음이 따뜻한 사람 같더라. 세상을 많이 살았어도 사람을 바로 알기가 참 힘들더라. 학교까지 널 데리고 오다니……. 까칠한 그 사람이 그런 고마운 일을 해 주니 자꾸 생각나더구나."

나도 할머니와 같은 마음이다. 처음에는 매일 아침 서준이를 태우고 가는 어린이집 버스와 씨름하는 예원 아줌마를 이해할 수 없었다. 하지만 그 이해 안 되는 아줌마도 반복해 보니 나도 모르게 안 보이면 두리번거려졌다. 왜 안 보이나 궁금했다. 아이들이 괴롭힐 때도 나서서 내 엄마라고 해 준 날을 나는 잊을 수 없다. 내 얘기에 누구보다 흥분해 나를 데리고 학교에 같이 와 준 아줌마가 갑자기 훅 가까워진 것 같았다.

"아무튼 은수도 반성하는 게 역력해 보이니 아까 학교에서 한 말 꼭 명심하고. 네가 은수에게 한번 기회를 주겠니? 아주 활달했던 녀석이 풀이 죽어 있으니 그것도 할머니는 속상하구나."

그 후 보육원에 웃기는 풍경이 생겼다. 아이들이 원장 할머니를 부를 때면 한 박자 쉬고 부른다는 것이다. '원자……아, 할…머니!' 우리 보육원 아이들은 요즘 말 배우는 아이들 같다. 원장님에서 할머니라고 부르려니 어색하고 헷갈려 보였다.

은수는 예전하고 다르게 풀이 죽어 보였다. 나는 아무렇지 않은 척 다가가 말을 걸었다.

"할머니라고 부르니까 어때? 나는 엄마밖에 없어서 처음에 할머니라고 부르기 진짜 어려웠는데. 이제 내 심정을 좀 알았지? 후후후!"

은수가 나를 물끄러미 바라보았다.

"진짜? 그런데 넌 나보고 웃음이 나와? 내가 안 미워?"

"진짜, 밉지! 너 같으면 안 밉겠냐?"

은수는 이내 고개를 숙였다. 멋쩍게 웃는 것 같았다.

"은수야, 한 가지 물어볼 게 있는데, 너는 왜 내가 무조건 싫었어?"

은수는 한참을 말없이 있었다. 나도 가만히 연못 안만 바라보고 있었다.

"난 우리 부모 얼굴도 몰라. 서울역에서 왜 지내게 되었는지도 모르고. 보육원도 수도 없이 전전했었어. 번번이 도망쳐 나와 다시 서울역을 떠돌며 앵벌이도 하고, 못된 심부름도 하고 살았어.

그러다 이곳으로 오게 됐지. 다른 보육원하고 다르다고 할까? 무엇보다 내가 떠도는 생활에 지쳤었어. 이곳은 나를 구속하지 않았어. 언제든 나갈 수 있는 틈이 열려 있었어. 그러니까 더 나가지 못하겠더라고. 아니 나가기 싫었어. 어느 날부터는 이곳 원장님과 선생님들 눈에 드는 행동을 하려고 노력했어. 난 사람들 비위 맞추는 것은 자신이 있거든. 그 노력 끝에 얻은 사랑 속에 행복해하고 있었는데, 네가 서준이랑 온 거야. 오자마자 모두와 잘 지내고, 모두에게 친절한 네가 두려웠어. 생전 처음 받아본 사랑이라 누군가에게 그 사랑을 뺏길까 봐 내가 엄청 예민해져 있었던 것 같아. 그렇다고 너는 나처럼 사랑받으려고 애쓰지도 않았잖아. 이곳 사람들이 다 너를 좋아하는 게 너무 심술이 났어."

나는 은수의 이야기가 정말 진지하게 들렸다. 같은 것을 보고도 서로 다른 눈으로 보고, 생각하고 있었다. 나는 이곳에 하루하루 적응하려 안간힘을 썼었다. 은수는 내게 재차 사과했다. 서울역에서 떠돌아다닐 때 수도 없이 남의 물건에 손을 대긴 했어도 이번처럼 자책한 적은 없었다고 말했다.

"은수야, 우리 이제부터 정말 친구 하자. 아니다. 우리는 가족이니까 형제네. 애써 화해했는데 누가 형이니 동생이니 싸우지 말고 쌍둥이 정도로 할까?"

"말이 되니? 내가 너처럼 못생겼다고?"

우리는 서로 배 때리는 흉내를 내며 장난쳤다.

“어, 이거 왜 이래? 나도 어디 빠지지 않는 얼굴이거든?”

우리 둘의 웃음소리가 퍼지고, 연못에는 소금쟁이가 덩달아 물 위에 원을 그렸다.

그럼 또 올 거예요?

정희 이모로부터 전화가 왔다.

"서우야, 내일 수학여행 간다며? 그런데 어쩌지? 가기 전에 이모가 한번 가 보려고 했는데……. 이모가 이번 달 봉사도 못 갈 것 같네. 이모의 시어머니, 아니 용훈이 친할머니가 아프셔서……. 괜찮아지시면 바로 갈게, 알겠지? 미안해, 서우야! 이모가 원장님께 용돈 조금 보냈으니까 즐거운 여행 하고 와!"

정희 이모는 내가 보육원에 와서도 나 때문에 공연히 더 바빠진 것 같다. 괜히 미안한 마음이 들었다.

"괜찮아요. 이모! 잘 다녀올게요. 서준이 걱정도 안 하고 잘 다녀올 건데요. 그리고 은수랑도 친해져 같이 잘 다녀올 거예요."

걱정하는 정희 이모를 안심시키고 전화를 끊었다. 문득 한 사람이 떠올랐다. 까칠한 목소리래도 듣고 싶었다.

'서우니? 잘 다녀와라. 나는 눈이 높아 웬만한 건 눈에 안 들어오니까 애써 뭐 사 올 필요 없단 얘기하려고.'

내 마음대로 상상해 보았다. 요즘은 문득문득 예고도 없이 아줌마가 떠올랐다. 예원 아줌마……. 다시 올까?

먼 서울까지 다녀오느라 차에 탄 아이들은 거의 다 꾸벅꾸벅 조느라 고개들이 저마다 뚝뚝 떨어졌다. 그때 선생님 목소리가 아득하게 들렸다.

"얘들아, 일어나. 집에 다 왔다. 이렇게 자서 밤에 잠 안 오면 어쩌니? 어서 내리자!"

눈을 비벼도 눈앞이 가물가물했다. 간신히 일어나 천천히 버스에서 내릴 때였다. 열린 창문으로 이불이 펄럭였다. 누군가 이불을 털고 있었다. 혹시나 하는 마음에 까치발을 딛고 올려 봤다. 그 순간 나도 모르게 '어휴!' 실망스러운 탄성을 냈다. 웬 남자였다. 누구인지 궁금하지도 않았다. 예원 아줌마가 아닌 것만으로 너무 실망스러웠다. 그런데, 그런데……, 보였다. 다 털고 안으로 들이는 이불을 맞잡아 주는 예원 아줌마가 보였다. '어, 예원 아줌마가 왔어.' 나는 빠른 걸음으로 층계를 올랐다. 복도에서 아줌마가 입은 앞치마 자락이 살짝살짝 보였다. 그런데도 또 선뜻 다가가지 못했다. 머뭇거리다 나는 내 방으로 들어갔다. 아는 척하려니 뭐라 할지 모르겠고 가슴만 두근거렸다. 아줌마가 본척만척할까 봐 두려웠다. 처음 만나는 듯 왠지 어색했다. 크게 심호흡을 한 후, 모르는 척 세면대에 손과 발을 씻으러 들어갔을 때였다. 갑자기 상상했던 그 목소리가 들려 화들짝 놀랐다.

"아줌마 봤는데 인사 안 할 거니?"

"안녕하세요!"

"그게 다야?"

나는 뻘쭘한 얼굴로 아줌마를 바라봤다.

"그동안 잘 있었어? 힘든 일은 없었니?"

나는 생각지도 않은 말에 참을 틈도 없이 눈물이 핑 돌았다.

"우니? 너, 지금……. 진짜 울어? 뭔 애가 빽 하면 울어? 내가 또 말을 잘못한 거니?"

나는 말문이 막혀서 고개만 연신 흔들었다.

"근데 왜 울어? 또 너를 괴롭히던? 누군데? 말만 해."

"아녜요, 우는 거. 눈에 뭐가 들어가서 그래요."

"얘, 80년대 핑계를 대니? 그건 너 태어나기도 전에 쓰던 수법이야. 진짜 무슨 일 있는 거 아니지?"

"기다렸어요."

예원 아줌마가 조용해졌다. 한참 만에 고개를 들고 바라보니 아줌마도 눈물이 그렁그렁 차올라 있었다. 그때 낯선 남자 목소리가 들려왔다.

"뭐야? 이 두 사람……, 난 끼어들 틈이 없군. 두 사람 사이가 언제부터 이리 끈끈해진 거야? 정말 심상치 않아 왔는데, 내가 오길 잘했어."

어리둥절해진 나는 목소리가 나는 쪽으로 고개를 돌렸다.

"여보, 나 언제까지 이렇게 서 있을까? 소개 안 시켜 줄 거야?"

예원 아줌마는 흐른 눈물을 빠르게 훔쳐내며 말했다.

"아 참, 내 정신 좀 봐! 박서우, 여기 이 사람은 내 남편 강훈, 김강훈 씨!"

아줌마 말에도 나는 어찌할 바를 몰랐다. 나와 반대로 예원 아줌마가 방금 소개한 아저씨는 빙그레 나를 보며 웃었다. 두툼하고 큰 손을 내 앞에 내밀었다. 얼떨결에 나도 손을 내밀었다. 아저씨는 내 손을 덥석 잡은 후 살짝 당겼다. 잠깐이지만 큰 힘이 전해 왔다. 그 아저씨는 어색한 나와 달리 아주 친근하게 말했다.

"네가 서우구나? 반갑다. 이거 만나기도 전에 말을 너무 많이 들어서 그러나 처음 보는 것 같지 않다. 잘 있었니?"

나는 아직도 정신이 나지 않았다. 아줌마도 무슨 말부터 해야 할지 몰라 입만 우물우물했다. 조금 전 눈물 바람을 했던 것이 난

감하기도 했을 것이다. 그때 또 내가 할 말을 아저씨가 했다.

"여어! 당신도 울었어? 이 친구 만난 게 그리 감격스러운 일이야? 내가 출장을 한 달 동안 다녀와도 이런 적이 없었는데, 이걸 어떻게 받아들여야 하지?"

"당신은 무슨 그런 농담을 해요? 애 처음 만난 자리에서……."

"아냐, 난 심각하게 말하는 중이라고. 근데 거기에다 면박까지 주신다 이거지? 서우야, 우리 남자 대 남자로 대화 좀 할까? 아저씨는 지금 아주 심각하거든? 아저씨는 아줌마밖에 없는데 요즘 내게 아주 소홀해졌다니까."

아줌마는 아저씨에게 살며시 눈을 흘겼다. 언젠가 자는 서준이를 안고 들어올 때 아줌마와 함께 걸어가던 바로 그 아저씨였다. 웃는 얼굴을 보다 보니 어렴풋이 그때 모습이 떠올랐다. 나도 모르게 따라 웃을 정도로 아줌마 얼굴이 환했다. 그때 아저씨가 내 어깨 위에 손을 얹었다.

"자, 서우야! 산책 겸 이곳 소개 좀 부탁할까?"

얼떨결이지만 나는 얼른 정신을 차려 아저씨와 걸었다. 하지만 머릿속은 복잡했다. 뒤에서 아줌마의 장난기 섞인 목소리가 들려왔다.

"여보, 나하고는 참 말이 안 통하는 애예요. 어디 당신하고는 말이 통하는지 잘 해봐요."

나는 아주 잠깐 사이에 웃었다. 지금 생각하면 참 쑥스러운 일이지만, 그 후 나는 울다 웃기를 반복했다. 아저씨는 내게 아주 개구쟁이 같은 목소리로 말했다.

"아줌마가 남자 대 남자의 대화를 잘 모르는가 보다. 그렇지? 서우야, 가 볼까?"

그 말을 들은 나는 괜히 뒤를 돌아봤다. 예원 아줌마와 눈을 마주쳤다. '아줌마의 미소가 언제부터 저리 따뜻했지?' 긴장되는 내 마음을 아는지 아줌마가 내게 빙그레 웃어 주었다. 아저씨는 우리 둘의 눈빛을 번갈아 보며 보육원이 떠내려갈 듯 웃었다.

"긴장할 필요 없어. 서우도, 당신도……. 이 기분 괜찮은데? 나한테 긴장하다니……."

"싱겁긴……. 어서 다녀오세요."

이제 정말 아저씨와 나만 남겨졌다. 아저씨와 나는 한동안 말없이 걸었다. 보육원을 소개해 달라고 했지만, 딱히 소개할 곳이 그리 많지 않았다. 생활 시설을 나와 연못가로 왔다. 내가 올 때쯤이 연못으로 온 잉어를 알려 줬다. 아저씨는 대뜸 내게 물었다.

"요즘 어떠니?"

아저씨는 마치 나를 자주 본 사람처럼 안부를 물었다. '뭐라고 대답하지?' 우리는 다시 어색해졌다.

"하하하, 내가 네 얘기를 요즘 자주 들어서……. 내가 너무 가까운 듯 물었나?"

"아아, 아니에요. 잘 지내고 있어요."

아저씨는 내게 서준이 안부도 물었고, 학교생활도 물었다. 특히 보육원에서 잘 지내고 있는지 사소한 것까지 물었다. 나는 동생들 얘기며, 유난히 안 좋았던 은수 얘기를 많이 들려주었다.

"좋은 얘기만 하는구나? 은수와는 참 힘들었을 텐데, 그것도 네게 도움이 되었다고 말하네? 정말 너는 어떤데? 지내는 거 괜찮니?"

의외의 아저씨 얘기에 나는 표정을 정리한 후 대답했다.

"제 얘기 말씀드린 건데요?"

"오오, 그래. 미안!"

아저씨가 적지 않게 당황한 기색을 보였다.

"처음에는 여기 오는 게 두려웠어요. 들으셨는지 모르겠지만 저희 엄마도 이곳에서 자라셨거든요. 저는 원장 할머니도 외할머니라 생각하고 지내고 있었어요. 엄마가 돌아가신 후 동생과 단둘이 지내는 저를 걱정하는 사람이 많아졌어요. 매일 제 걱정에 전화하고, 펭귄 샘도 자주 오고……."

"펭귄 샘? 이름이 재미있구나. 누구?"

"아, 저 돌봐 주시던 사회 복지사 선생님이에요."

"걱정하는 게 당연하지. 그래서 서둘러 오게 되었니? 아, 미안! 내가 자꾸 말이 딱딱해지지? 내가 어쩔 수 없이 직업병이 나오나 보다. 내 직업이 기자거든."

아저씨는 '후!' 길게 심호흡을 했다. 아저씨는 조금 전에 아줌마와 옥신각신 주거니 받거니 할 때와는 달라 보였다. 아저씨가 말한 대로 긴장한 탓일까? 아니면 혹시나 내가 마음에 안 들어서일까? 나도 모르게 긴장이 더 되었다.

"너는 결국 너를 걱정해 주는 사람들에게 미안했다는 거구나? 누군가 너를 걱정해 주면 혹시 부담스럽니? 정작 네가 겪는 고통은 생각 안 하고, 남을 먼저 생각했다는 것으로 들리는구나."

나는 남을 먼저 생각할 겨를 없이 지냈다. 단지 문제를 만들지 않으려고 노력했을 뿐이다. 나를 방어해 줄 사람이 없다고 생각했다. 아저씨가 나를 어떻게 봤는지 알 수 없지만 아이들과 문제 안 만들고 잘 지내고 싶었을 뿐이다. 원장 할머니를 실망시키지 않으려는 것은 내 자존심을 지키기 위함이다.

"남을 먼저 생각한다기보다, 언제까지 동생과 단둘이 살 수는 없는 일이잖아요. 제 고통요? 고통이 피할 수 있는 거라면 누구나 피하려고 할 거예요. 제게 제일 큰 고통은 엄마를 잃어버리는 것이었으니까. 아마 그것부터 피하려 했겠지요. 하지만 발버둥 쳐도 피할 수 없었어요. 제가 겪어 내야 할 몫의 고통이라고 생각해요."

아저씨는 앞을 보고 있다 바람이 일어날 듯 나를 바라보았다. 나는 그 시선에 당황했지만 내색하지 않았다. 그런 아저씨를 나는 정면 대신 곁눈으로 보고 땅에 줄 맞춰 기어가는 개미들에게 시선을 고정했다.

“서우야, 너무 빨리 어른이 되지는 마라. 아저씨도 미처 깨닫지 못한 것을 네가 지금 말했어.”

나는 머쓱해져 뒷머리를 긁적였다.

“네? 제가 뭘…….”

나는 영문을 몰라 선뜻 말하지 못하고 망설였다. 아저씨가 다시 물었다.

“원망이란 건 안 해 봤니? 왜 내가…… 왜 나만……. 이런 원망.”

나는 원망이란 말에 왠지 모를 발끈한 마음이 들었다. 예전에 내게 많이들 한 말이 떠올랐다. ‘얘, 너희 엄마는 어디 계시니? 엄마는 뭐 하시고 네가 동생을 보내니?’

“누구를 원망해요? 저희 엄마, 제 동생요? 아니요, 한 번도 원망한 적 없어요.”

내 말투는 딱딱해졌고, 발끈하는 내 마음이 그대로 드러냈다.

“아, 미안! 내가 공연히 말했나 보구나.”

“아저씨, 제 말이 좀 이상할지 모르겠는데요. 엄마가 다시 못 올 곳으로 간 사실이 지금도 꿈이면 좋겠어요. 그렇다고 누굴 원망하겠어요? 늘 집에 돌아왔을 때 엄마가 살아 있기를 얼마나 바랐게요. 문을 열 때마다 느끼는 공포가 너무 컸어요. 하지만 지금은 그동안 겪었던 공포 속에서는 해방이 되었어요. 마치 제 안에 서로 다른 둘이 사는 것처럼 둘 다 제 솔직한 마음이에요."

누구에게도 말하지 못했던 말을 드디어 해 버렸다. 그것도 생각지도 않았던 아저씨한테……. 아저씨는 긴 침묵 속에 그대로 있었다. 드디어 아저씨가 말을 꺼냈다.

"사실 아저씨는 아이 없는 고통이 너무 원망스러웠거든. 하필 이런 고통을 나에게 줬는지……. 그 흔한 아이 하나 나한테 주는 게 뭐 어떠냐고 원망했었지. 그런 마음을 숨기고 아줌마한테는 늘 유쾌한 모습을 보이며 두 얼굴로 살았지. 조금 전 네가 말한 네 안에 서로 다른 둘처럼 말이지. 그렇게 지내면 아내의 고통을 조금이라도 덜어 줄 거로 생각했거든. 그런데 되레 짐 하나를 준 격이 된 거야."

"아저씨, 솔직한 게 참 어려운 것 같아요. 저는 엄마 장례 치르고 온 날 얼마나 푹 잤는지 지금도 엄마에게 미안해요. 누가 보는 것도 아닌데, 벌떡 일어나 늦잠 자지 않은 척 얼마나 바삐 준비했는지 몰라요."

아저씨한테 무슨 얘기를 더 해야 할까 생각나지 않았다. 내 딴에는 농담이라 생각하고 말했다.

"아저씨, 힘드셨겠네요? 예원 아줌마는 노란 버스하고 싸움이래도 했는데……."

의외로 아저씨는 내 말에 웃음을 터트렸다.

"맞아. 그거였어. 같이 받았던 고통이니 솔직하게 힘들다고 말할 걸 그랬어. 네 말처럼 피할 수 없는 고통이라면 함께 겪어 낼 걸 그랬어. 결국 서로를 배려하느라 눈치 보기 바빴지."

아저씨는 아줌마가 없는 아이로 인해 성격이 변화된 얘기를 했다.

"위층 아이들 소리에도 예민해지고, 아침마다 아파트로 오는 어린이집 버스랑 실랑이 하고……. 말도 쌀쌀맞고 까칠하게 메말라 갔지."

"우아, 다 아시네요?"

"서우야, 나 예원 아줌마랑 같이 한집에 사는 남편이야. 하하하!"

아저씨도 나도 오래 웃었다. 아줌마의 까칠한 모습을 떠올리며 웃을 줄 상상도 못 했다. 그 웃음으로 아저씨와 나 사이를 감돌던 긴장이 조금 풀어졌다. 아저씨가 이곳에 오늘 온 이유를 조심스레 꺼냈다.

"오늘 내가 온 이유는 너를 보러 왔어. 말 빙빙 돌릴 필요 없겠구나. 아줌마가 요즘 네 생각에 너무 빠져 있어. 네 걱정을 너무 해. 바라던 아이를 못 얻은 상처로 말도 줄고, 나날이 예민해지는 아내를 오랫동안 지켜보았지. 아니, 나도 같이 아팠다는 말이 맞겠다. 그랬던 아내가 요즘은 활기를 찾은 게 기뻐. 위층으로 따지러 올라가는 일도 없고. 그렇게 내 아내를 변화시킨 네가 궁금했단다. 그리고 걱정도 돼. 갑자기 한 사람에게 몰두하는 아내가."

"아저씨, 저는 아줌마가 처음에는 무서웠고, 점점 짜증 나고, 이젠 자꾸 기억나는 사람이 되었어요. 제가 만약 아저씨네 조금이라도 피해를 준다면 안 그럴게요, 앞으로."

아저씨는 내 말에 손사래를 치며 말했다.

"아냐, 아냐! 서우야, 너는 아줌마와 똑같은 말을 하는구나? 너를 처음 보고 짜증 났고, 네가 안 보일까 무서웠고, 다시 만나니까 자꾸 생각났다고 말했거든. 아 참, 오해하지 마라. 네게 짜증 났다는 얘기가 아니고 네가 아침마다 분주한 모습이 안타까웠대."

내 말에 몹시 당황한 듯 아저씨 말이 빨라졌다. 나는 내친김에 나의 감정을 꾸미지 않고 말했다.

"아저씨, 설명 안 하셔도 알아요. 이제 좀 아줌마를 알겠거든요. 어느 날부턴가 아줌마가 자꾸 기다려졌어요. 그런 기대가 될 때마다 자꾸 제 마음 안에서 싸움을 했고요. 안 오면 어쩌지, 이게 마지막이면 어쩌지 흔들렸어요. 또 한쪽에서는 저보고 정신 차리라고 말하고요."

"아까도 말했지만, 아줌마가 너무 깊이 네게 빠져 있어서 걱정

된 건 사실이야. 아내는 너에 대한 생각이 아주 구체적이거든. 무조건 말리는 것은 방법이 아닐 것 같아서 너를 우선 만나고 싶었지. 이 말부터 해야겠다. 나는 내 아내가 예전의 밝은 모습으로 돌아간 게 아주 반가워. 어떤 사람은 부모 될 준비를 하고 부모가 되는 경우도 있겠지. 하지만 우리 부부는 그쪽으로는 아주 서툰 사람들이란다. 난 솔직히 부모는 어떻게 해야 하는지 잘 모르겠다."

나는 예상도 못 한 말이라 듣고도 내 귀를 의심했다.

"뭘 그렇게 빤히 봐? 너에 대해 아내가 한 첫 말은 아주 맹랑한 아이를 만났다는 거였어. 내 아내가 왜 너를 좋아하게 되었는지 알겠다. 하긴 아내랑 말한다는 자체로도 넌 범상치 않은 아이야. 하하하!"

아저씨 말뜻을 내가 잘 이해했는지 모르겠지만 나도 아줌마를 좋아하게 될 줄 몰랐다. 아줌마와 나는 서로 밀어내면서도 서로 닮은 공통분모가 있었다.

"아저씨가 네게 분명히 할 수 있는 말이 하나 있어. 절대로 네게 상처 주지 않을 거란 거야. 그러기 위해서 어느 때보다 생각 또 생각할 거야. 그러면 시간이 좀 오래 걸릴 수도 있어. 기다려 줄 수 있겠니? 음……, 우리 당분간 그 연습을 해 보자. 자주 보면서…….
서우야, 오늘 내 솔직한 마음을 털어놨으니 네 힘겨움도 조금씩 나

눠 보자."

아저씨의 목소리는 단호하고 조심스럽게 들렸다. 나는 아저씨가 내게 무슨 말을 하는지 이해는 되지만 얼떨떨했다. 그중에 단 한마디는 귀를 번쩍 뜨이게 했다.

'네게 상처 주지는 않을 거야.'

그 말은 내 가슴 안을 크게 울렸다. 나는 단지 아줌마를 오랫동안 보고 싶다는 것 말고는 바란 게 없었다. 이 엄청난 말에 뭐라고 답해야 할지 몰랐다. 그 말을 더는 잇지 못했다. 우리는 긴 시간 이야기를 나누고, 처음보다 화기애애한 분위기 속에서 언젠가 위층 꼬마들과 아줌마랑 함께 엘리베이터에 탔던 일을 말해 주었다.

"꼬마들이 엄마 뒤에 숨어 '위층 아쭘마, 무쪄워!' 그랬어요. 흥분한 아줌마가 8층 누르는 것도 잊었기 때문에 9층까지 갔어요."

아저씨는 손바닥으로 자신의 이마를 치며 웃었다.

"그림이 그려진다, 그려져."

나는 그 순간 웃음을 참을 수 없어 입을 가리고 웃었다. 아저씨도 덩달아 웃었다.

예원 아줌마가 우리를 보자마자 놀란 토끼 눈이 되어 급하게 물었다.

"또 울었니? 아저씨가 너 울렸어? 이 사람이 정말……. 당신 애한테 뭐라고 했기에 애 얼굴이 이 지경이 됐어요?"

아줌마의 속사포 공격은 무차별로 날아왔다. 아저씨가 장난스럽게 말했다.

"여보, 숨 좀 쉬면서 말해. 내가 좀 셌나?"

"당신 지금 장난해요?"

아저씨 말을 진심으로 믿은 아줌마에게 할 수 없이 우리가 나눈 얘기를 말해 줬다. 아줌마는 한마디도 하지 않고 차분히 아저씨 말을 들었다. 그사이 아줌마는 말 대신 내 손을 꼭 잡아 주었다.

아저씨와 아줌마는 원장실에 들어가 한참을 이야기한 후 나를 불렀다. 원장 할머니는 눈가가 촉촉해져 말했다.

"어릴 적 은주를 똑 닮은 너, 네 엄마에게 닿지 못한 사랑이 네게는 닿았구나. 하늘에서 네 엄마가 돌보나 보다. 오늘부터 이 두 분이 네 후견인이 되시기로 하셨단다. 참 고마운 일이다. 이렇게 사인까지 마쳤다."

원장 할머니는 후견인 동의서를 보여 주었다. 이제 아저씨와 아줌마가 돌아갈 시간이다. 나는 아줌마에게 힘주어 말했다.

"아줌마, 그럼 또 올 거예요?"

"그럼, 말이라고? 금방 보러 올게. 아 참, 이거……."

아줌마가 내민 것은 미키 마우스 양말이었다.

"저번에 한 짝 준 게 걸려서 샀어. 발도 하루가 다르게 클 것 같고, 네게 필요한 게 뭔지도 모르겠는데 양말이 생각나서 샀어."

아줌마가 이제 솔직해졌다. 말을 빙빙 돌려 하지 않는 게 기뻤다. 오늘만큼은 정말 기쁜 마음으로 배웅했다. 왜냐하면 또 올 거니까.

촛불 하나

반 청소 당번인 나는 큰 쓰레기봉투를 들고 낑낑 매며 쓰레기 적재함이 있는 곳으로 갔다. 쓰레기봉투가 너무 무거워서 몇 번을 넣는 데 실패하고 있었다. 다시 시도하려는 순간 갑자기 누군가 번쩍 들어 한 번에 골인시켰다. 날아가는 봉투를 따라가다 다시 돌아온 내 눈에 은수가 보였다.

"이런 건 형한테 부탁했어야지. 안 그래?"

은수는 두 손을 '탁탁' 털며 너스레를 떨었다.

"오, 제법인데? 고맙다."

은수는 대뜸 내게 말했다.

"너 금방 여기를 떠나는 건 아니지?"

“무슨 소리야? 난데없이. 여길 떠나다니……. 내가? 또 나를 보내고 싶냐?”

은수는 예전에 자기가 아니니 긴장하지 말라고 하면서 내 후견인에 대한 얘기를 먼저 꺼냈다. 그 일 이후 내 마음속으로 마음 여린 정욱이보다 은수가 더 걸린 게 사실이다. 은수에게 말해야 하나 말아야 하나 고민이 좀 됐는데 먼저 입을 열어 주었다. 뜻밖의 축하하는 말까지 해 줬다.

“잘됐어, 정말. 보는 눈은 다 같다는 말, 맞는 말인가 봐.”

축하해 주는 은수의 말이 고맙고, 갑자기 어른스러워 보였다. 은수는 이제껏 털어놓지 않았던 말을 쏟아 냈다.

“나는 시설에 오는 봉사자든 누구든 그들의 눈에 들려고 노력했었어. 그 사람들이 나를 이곳에서 벗어나게 해 주길 바랐지. 가끔 꿈도 꿔. 좋은 엄마와 아빠가 있는……. 다른 시설에서는 어떡하면 이곳에서 탈출할까 궁리했다고 내가 전에 말했지? 근데 밀알 복지원은 내가 이제껏 느끼지 못했던 것을 가르쳐 줬어. 원장 할머니, 생활 지도 선생님 그리고 너. 굳이 내가 예쁘게 보일 필요가 없더라고. 나는 처음에 네가 귀여움을 받는 이유가 다른 사람에게 잘 보여서라고 생각했거든. 근데 그게 아니었어. 넌 너였어. 내 눈이 바뀌고 나니까 비로소 좀 편해졌어.”

은수 말을 듣는 내내, 은수의 힘겨움이 선명하게 다가왔다. 내 안에 꽁꽁 싸매 놓았던 이야기를 은수한테 풀어놓을 줄 몰랐다.

"나는 아픈 엄마를 원망한 적은 없지만 그게 현실이 아니길 바란 적이 많아. 내 후견인이 되어 준 아줌마는 아주 큰 걸림돌이었어. 그런데 어느 날 그 아줌마의 핀잔하는 말 한마디 한마디가 다 날 위한 거라는 걸 알았어. 엄마에게는 살아 있기만을 바랐지, 어떤 기대도 없었거든. 그건 어쩌면 포기였는지 몰라. 그때 예원 아줌마가 나타난 거지."

"너는 은근 독특한 구석이 있어. 네가 말한 예원 아줌마에게는 말 한마디 걸기가 힘들던데, 언젠가 뭐가 그리 좋은지 너와 예원 아줌마가 막 웃고 있는 걸 봤어. 인사해도 대답이 들릴까 말까 하게 까칠하던데, 그 아줌마는."

나는 그 말에 키득키득 웃었다. 은수가 말 걸었을 때 아줌마의 모습이 저절로 그려졌기 때문이다.

"내가 서준이를 안고 나가면 그 아줌마는 서준이가 탈 어린이집 버스와 싸우고 있었거든. 그 아줌마를 안 보려고 서둘러 나가도 꼭 한발 늦었어."

장례식장에서 만난 일부터 예기치 않게 보육원에 와 재회한 일을 얘기했다. 나도 가족이란 의미가 새롭게 다가온다는 말과 함께……. 이런저런 얘기를 하다 보니 아줌마와 나는 한 발 한 발 가까워지고 있었다는 생각이 들었다. 더불어 은수와 대화가 되는 게 아주 기뻤다. 진심으로 내 일을 축하해 주는 게 무엇보다 훈훈하게 느껴졌다. 말끝에 은수가 내게 '네가 떠나면 허전할 것 같아.'라는 말은 내 안에 길게 그림자를 드리웠다.

예원 아줌마가 보육원에 다시 왔다. 함께 온 정희 이모와 부쩍 친해진 모습이었다. 이모 곁에 생긴 엄마의 빈자리가 조금은 메워진 것 같아 위안이 되었다. 아줌마와 빨래를 함께 널고 있었는데 불쑥 아줌마가 말을 꺼냈다.

"그러다 엄마 없는 애라는 말 듣는다고 말했을 때 왜 참았어?"

"어, 아줌마! 그 말 기억하시네요? 아줌마가 미운 것보다 저는 그 순간 정신이 번쩍 났어요. 내가 이러면 안 되겠다고 생각했어요. 더 강해져야 하겠다고 마음먹었는걸요. 참은 거 아녜요. 그 말이 맞았으니까요. '그래, 이제 엄마가 내 곁에 없지? 맞아, 정신 차려야지.'라고 생각했어요."

"그 말까지 하고는 얼마나 자책했는지 몰라. 어쩌자고 그 말까지 했는지 원. 누구한테도 흠 잡히지 말라고 말한다는 게 그만 헛말을 했구나. 그때 바로 사과하고 싶었는데, 그 말을 이제껏 못했구나. 내게 많이 서운했지?"

아줌마 말을 듣는 동안 벌써 까마득했던 시간이 소환되는 것 같았다. 매일 어린이집 버스와 씨름하는 아줌마, 끊임없이 괴롭히는 아이들, 그 모든 게 너무 힘들었다. 하루도 괜찮을 때가 없었다. 아무도 나를 막아 줄 사람이 없었다. 말할 곳도 없었다. 엄마가 차려 주는 밥을 먹은 게 언제인지 모른다. 엄마는 늘 바빴다. 그리고 아팠다. '국 더 줄까?' 물었던 아줌마, 무작정 갔던 옛 아파트에서 만난 아줌마가 나를 모른 척했더라면……. 믿기지 않았지만, 엄마가 없다는 사실을 아줌마가 강하게 실감케 했다. 그 탓에 나는 오히려 강해지고, 더 단단해지려 노력했다.

나는 뚱딴지같이 아줌마에게 물었다.

"아줌마, 혹시 노란색 싫어해요?"

예원 아줌마는 이미 무슨 말을 하려는지 아는 눈치였다.

"네가 왜 안 물어보나 했다. 그 심보 못됐다. 아니다. 매일 아침 어린이집 버스랑 싸우던 내가 네 눈에도 이상해 보이는 게 당연하지."

솔직히 나는 아줌마가 굳이 그 시간에 안 나와도 되는데, 15분만 늦게 나와도 될 텐데 생각했었다.

"내게 없는 아이, 남들에게는 있어서 그 애들을 어린이집으로 보낼 때 영영 헤어지는 듯 눈꼴시게 유난 떠는 게 보기 싫었어. 낳고도 책임 못 지는 사람들 보면 더 화가 났고. 네가 아침마다 동생을 안고 뛰는 모습을 볼 때, 금방 꼬꾸라질 것 같은 모습을 보면 더 그랬지. 엄마가 아픈 것도 모르고……."

"아, 그럼 아줌마도 아이를 좋아하는 거……."

"후후후, 어린 네 눈에 얼마나 별스러운 아줌마로 보였겠니? 그렇지. 아이한테 관심 없었으면 내가 왜 그랬겠니? 아침부터 땀에 젖어 뛰는 너를 보면 내 마음이 따로 놀았어. 하지만 너도 만만치 않았거든?"

"맞아요. 말씀 피우면 엄마 모셔 오라고 할 게 뻔하니까 학교에서만은 이를 악물고 참았던 거죠. 그 대신에 학교가 아닌 다른 곳에서 사람들이 나를 건들면 쌈닭으로 돌변했던 거죠. 아줌마한테처럼……. 그건 제 마음이 아니었어요. 죄송합니다. 학교에서 원장 할머니 학교에 오시라고 하니까 너무 두려웠어요. 엄마한테 미안한 마음과 다른 감정들까지 얽혔어요. 자존심도 막 상하고……. 왜 그때 거길 갔는지 아직도 모르겠어요."

우리 둘은 닮은 게 많았다. 그 덕에 지금이라도 서로의 마음을 읽을 수 있었는지도 모르겠다.

"어린 네가 동생을 꼭 끌어안고, 또 서준이는 제 형 품을 벗어나지 않는 모습이 그 후로도 얼마나 오래 기억에 남았는지 몰라. 속으로 그랬지. '삼신할머니, 저런 아이 제게 좀 주시죠.' 한편으로 생각하면 인연이 전혀 없는 것도 아냐. 너 안 만났으면 나는 아직도 노란 버스와 싸우고 있을 테지?"

"요즘엔 안 싸워요? 다행이다. 히히히!"

"뭐가 다행이야?"

"사람들이 아줌마 안 미워할 테니까요."

예원 아줌마가 살며시 내 손을 잡았다. 나는 순간 전기가 오는 게 어떤 느낌인지 알 것 같았다. 뒤에서 서준이가 나를 부르는 소리가 들렸다. 뒤돌아보니 뒤뚱뒤뚱 걸어오고 있었다.

"서준아!"

예원 아줌마와 잡은 손을 놓지 않고 한껏 벌리니까 서준이가 더 환히 웃으며 다가왔다. 헉! 서준이가 내가 아닌 아줌마에게 안겼다. 아줌마는 잠깐 눈을 감고 굳어 버린 것 같았다. 서준이를 높이 올렸다가 내리더니 다시 힘껏 안았다. 서준이는 마치 엄마에게 안긴 것 같이 고개를 옆으로 돌려 아줌마 어깨에 비스듬히 얹었다. 나는 그 모습을 넋 놓고 바라보았다. 서준이가 이제껏 저리 편안해 보인 적이 있었나 싶었다. 아줌마는 서준이 등을 쉴 새 없이 쓰다듬어 내렸다. '그래, 그렇게 웃고 살아라. 건강하게……. 그리고 우리는 또 이렇게 만나자.' 하는 아줌마의 마음속에 숨겨 둔 말들이 들리는 것 같았다. 지금 아줌마가 바로 내 눈앞에 서 있는 것만으로 좋았다.

아줌마가 혼잣말처럼 웅얼거렸다.

"아기를 안는 느낌이 이런 거구나. 처음이야."

아줌마는 재빨리 표정을 고치며 말했다.

"참, 요즘 아저씨하고 통화 자주 한다며? 어때, 우리 남편 재밌지? 기자라서 주로 네게 묻는 게 많지는 않던?"

나는 그 말이 너무 웃기게 들렸다. 아저씨와 아줌마를 보면 '톰과 제리' 같다. 아저씨는 너그러운 고양이 톰, 아줌마는 까칠한 쥐 제리! 하지만 아옹다옹 보다는 오순도순 모습이 좋다.

"아줌마, 아저씨가 다음 주에 저와 서준이 데리러 오신다고 하셨어요. 주말을 함께 보내자고 하셨어요."

"아, 나도 그 얘기 하려고 하던 참이야. 원장님께는 미리 허락받아 놨어."

저만치 내려앉는 붉은 노을에 아줌마와 나의 이마와 뺨이 물들며 반짝이고 있었다. 넓은 잔디밭에 체크무늬 담요를 깐 위에 아저씨와 예원 아줌마, 나와 그리고 서준이가 앉아 있었다. 들판 위에 꽃처럼 알록달록한 김밥을 아줌마가 내 입에 넣어 줬다. 나는 입을 한껏 벌리고 받아먹었다. 서준이는 아줌마 무릎을 베고 누워 발장난을 했다. 아줌마는 손으로 서준이에게 비치는 햇빛을 가려 주었다.

어느 사이에 우리 둘은 풍선을 손에 쥐고 넓은 잔디밭을 달렸다. 서준이가 달리다 넘어져 파란 풍선은 하늘 위로 올라갔다. 아저씨가 달려와 서준이를 안아 올렸다. 서준이가 목마를 타고 싱

글병글했다. 나는 내 풍선을 서준이에게 쥐여 줬다. 내가 학교에 가는데 웃는 얼굴의 아줌마가 손을 흔들며 내게 속삭였다.

"서우야, 잘 다녀와! 이따 보자. 사랑해."

그 순간 아저씨가 내 어깨를 가볍게 두드렸다. 단꿈에 젖어 있던 나는 마치 남몰래 무엇을 하다 들킨 사람처럼 얼굴이 빨개졌다. 나는 꿈속에서도 이 꿈이 깨지 않길 바랐다.

"뭐야, 여자 친구와 만나는 꿈을 깨웠나 보다. 근데 어쩌지? 집에 다 와서……. 어서 들어가자꾸나."

차 안에서 내가 잠이 들다니, 얼마나 편했으면 잠이 왔을까! 서준이는 이미 아줌마와 앞서 걸어가고 있었다. 오늘은 아저씨와 아줌마의 초대를 받아 온 날이다. 오랜만에 돌아온 아파트가 낯설었다. 모두 그대로였다. 아줌마 집 안은 변함없이 번쩍번쩍 윤이 돌았다.

"앉자. 여보, 우리 시원한 음료수부터 줄래?"

"네!"

경쾌한 아줌마 목소리는 나를 덜 긴장시켰다. 서준이가 갑자기 넓은 집에 오니 콩콩거리며 이리저리 뛰어다녔다. 나는 놀라 서준이를 잡았다. 그때 아줌마가 말했다.

"서우야, 잠깐은 내버려 둬. 좁은 차 안에서 답답하게 왔는데, 기지개 좀 켜게. 까짓것 서준이 때문에 나도 아래층에 혼 좀 나

보지 뭐. 고개 숙이고 그냥 무조건 '미안합니다.' 해 보지, 뭐."

"워워워, 정예원 여사님 너무 겁 없는 거 아니십니까? 괜히 층간 소음으로 나 취재 나오는 일은 없게 해 주세요, 제발. 하하하!"

나는 어색한 웃음을 웃었다. 안 맞는 옷을 입은 듯 불편했다. 그런 나와 다르게 서준이는 거실 바닥에 누워 편히 뒹굴고 있었다. 그 모습을 보니 왠지 모를 묘한 감정이 내 안에 스미기 시작했다. 무턱대고 보육원을 나와서 아줌마 집에 왔을 때와는 달랐다. 그때는 내 발자국이 바닥에 찍힐 것 같아 조심스러웠었다.

"다음에 서준이 오는 거 대비해서 거실에 푹신한 매트를 깔아야겠어, 여보!"

"아, 그래요. 여보! 제가 위층 애기 엄마한테 물어……. 으하하하하하!"

아줌마는 말을 잇지 못하고 숨이 넘어가게 웃었다. 아저씨도 소파에 쓰러져 웃었다.

"그러게. 당신한테 아니 우리한테 이런 날이 올 줄 몰랐지? 이 우물물 다시는 안 마신다고 침 뱉고 돌아서서는 다시 돌아와 그 우물물 마신다는 말이 괜히 있는 게 아니네. 그러니까 두루두루 잘 지내야 해."

아줌마는 아저씨에게 눈을 살며시 흘기면서도 아저씨 말이 옳다고 말했다.

"위층 아기 엄마가 참 착해서 앙금 없이 나를 반겨 줘요. 요즘에도 제게 아이들 때문에 미안하다고 인사하면 내가 어쩔 줄 모르겠어요. 그 아기 엄마와 화해하게 된 것도 우리 서우가 제 얼어 버린 마음을 녹여 준 덕이에요."

"저 봐라. 아저씨의 태평양같이 넓은 마음은 전혀 인정해 주지 않는다. 뭐든 서우, 네 공이란다. 정말 서운해. 이러다 서우가 내 경쟁자가 될 것 같아. 긴장해야겠는걸."

"서우야, 아저씨가 저렇게 착각이 심해. 근데 기사는 잘 써서 다행이야. 이번에 '올해의 기자상'도 받았어."

나는 아저씨를 향해 존경스러운 표정과 박수를 보냈다. 아저씨는 한 손과 한 발은 등 뒤로, 다른 손은 선을 그려 가슴에 대며 백작처럼 인사했다. 우리는 다 같이 한바탕 웃었다. 서준이도 덩달아 손뼉을 치며 코에 주름까지 만들어 웃었다.

아줌마는 언제 그 많은 음식을 준비했는지, 벌어진 입이 다물어지지 않았다.

"여보, 서준이부터 앉혀요."

"그럴까? 짜잔! 서준아, 이게 뭐야?"

아저씨는 유아용 식탁 의자를 빼 보이며 웃었다. 서준이는 그게 뭔지 아는 양 박수를 치며 걸어갔다.

"언제 이런 걸 다 준비하셨어요?"

"이거? 돈으로 사는 것은 아주 쉬운 거야. 서우야! 이런 거로 감격하지 마."

우리는 모두 식탁에 둘러앉았다. 나는 아저씨 옆에, 서준이는 아줌마 옆에 앉았다. 식탁 밑을 보니 서준이가 물장구치듯 발을 흔들었다. 나는 가만히 서준이 발을 잡았다.

"자자! 오늘 우리가 해야 할 중요한 일이 있지? 여보!"

나는 무슨 일인지 몰라 건너편에 앉은 아줌마를 쳐다봤다. 아줌마가 빙그레 웃고 있었다. 아저씨가 촛불 하나가 꽂힌 케이크를 들고 왔다. 아줌마와 서준이가 약속이나 한 것처럼 박수를 쳤다.

"서우야, 너희가 우리 부부에게로 온 첫날이야, 오늘은 생일의 의미로 축하하고 싶었어. 서우, 서준이 우리에게 와 줘서 고맙다. 환영한다!"

나는 정말 어리둥절했다. 이런 기분은 처음이라 뭘 어째야 할지 몰랐다. 아줌마는 두 눈을 살며시 감았다 뜨더니 고개를 한번 끄덕였다. '서우야, 우리에게 와 줘서 고마워!' 아저씨가 한 말을 다시 해 주는 듯했다. 내 눈에 눈물이 또르르 흘렀고, 촛불을 향해 깊은숨을 불어 냈다. 나와 같은 마음으로 기뻐하는 아저씨와 아줌마도 두 눈이 촉촉해졌다. 그때 서준이 울음소리가 크게 들렸다. 발버둥까지 치며 울었다. 아저씨, 아줌마는 영문도 모르고 서준이를 달랬다. 내가 그 이유를 말해 주었다.

"서준이도 촛불 끄고 싶은데 제가 꺼 버려 심술 나서 그래요."

내 말에 아저씨가 촛불을 얼른 다시 켜 서준이 가까이 가져갔고, 눈물범벅된 서준이가 '후!' 바람을 불었다. 나랑 아줌마가 쳐 주는 박수에 서준이가 언제 울었냐는 듯 덩달아 신나 박수를 쳤다.

"서우야, 오늘 서준이가 박수를 제일 많이 친 날 아니니?"

그랬다. 나도 서준이도 오늘처럼 박수를 쳐 본 날이 없었다. 내 가슴 안에서도 얼마나 큰 울림이 있었는지 모른다. 아저씨가 조금은 상기된 얼굴로 말했다.

"오늘은 우리가 첫걸음 하는 기쁜 날이야. 방금 전 서준이가 왜 우는지 모르는 아주 서툰 사람이 우리 둘일지 몰라. 아까 서준이가 우는 이유를 모른 것처럼 한동안은 버벅거릴 테지. 서우가 서툰 점, 우리가 서툰 점 서로서로 읽어 가며 가자. 너무 노력도 하지 말고, 천천히 함께 가자. 또 빅뉴스를 말해 줄게. 아저씨, 아줌마 지난 달부터 부모 교육을 받기 시작했다. 아직은 학교로 치면 막 입학한 초등학교 1학년인 셈인가? 하하하! 훌륭한 부모보다는 좋은 부모가 되어 보려고……."

아저씨가 미처 말을 다 맺지 못했다. 아저씨와 아줌마는 목소리를 가다듬고 동시에 내게 말했다.

"서우, 서준이 아저씨와 아줌마의 아들이 되어 줄래?"

'뭐라고 말해야지? 네라고 할까? 뭐라고 하지?' 내 머릿속은 우왕좌왕 갈피를 잡을 수 없었다. 서준이에게 볼이라도 꼬집어 보라고 말하고 싶었다.

"……, …… 제게 와…… 주셔서 고맙습니다."

그날, 우리 넷의 만찬을 '찰칵찰칵' 카메라 셔터를 누르듯 하나도 빠짐없이 가슴속에 담아냈다. 가슴에 담긴 잔잔한 울림은 언제든 펼쳐 볼 수 있는 사진첩이 되었다.

요즘 나는 자꾸 잠이 는다. 눈은 떴지만 이불 속에서 나가고 싶지 않다. 어쩌면 나는 이제 곧 들려올 잔소리를 기다리고 있는지 모른다. 나는 마음속으로 카운트다운을 시작했다.

'5, 4, 3, 2, 1…… 땡!'

"서우야, 몇 번이나 깨워야 일어날래? 천둥이 쳐도 세상모르고 자는 태평은 대체 누구를 닮은 거니? 어서 일어나, 이 잠보야!"

'빙고'

역시 엄마의 알람은 오늘도 어김없이 울렸다. 나는 한 번도 이 알람 소리에 짜증을 낸 적이 없다. 이불 밖으로 빠꼼이 얼굴만 내밀고, 세상 행복한 말대답을 한다.

"엄마, 아빠?"

"어우, 저 능청까지 누굴 닮은건지, 원 참!"

아빠는 엄마 뒤에서 까치발을 떼며 나에게 신호를 한다.

'인마, 안 일어날래? 너, 아빠한테 불똥 튀게 해? 너 때문에 나까지 엄마 눈 밖에 나게 생겼다고.'

나는 아빠의 손짓 발짓을 다 읽을 수 있다.

엄마는 어느새 서준이까지 동원했다.

"안 되겠다. 서준아, 출동!"

서준이는 엄마 말에 바로 침대 위로 뛰어올라 내 배 위를 덮쳤다.

"욱! 서준이, 너? 아이고, 배야! 알았어, 알았다고! 서준아, 너 이러기야? 아니, 아니 일어난다고!"

미션을 마친 서준이는 엄마 손뼉 소리에 침대를 내려가 점프해 엄마 품에 안겼다.

"잘했어, 우리 아들!"

서준이는 이제 더는 나의 껌딱지가 아니다. 오직 엄마뿐이다.

'엄마', '엄~마', '엄, 마! 엄마, 엄마 엄, 마!'

아주 다양하게도 엄마를 부른다.

소파에는 서준이의 잠옷 바지가 거꾸로 물구나무를 서 있다. 비몽사몽 사이 장난감 블록을 밟았다. 눈물이 찔끔 나오고, 튀어나온 내 비명에 모두 입을 가리고 웃었다.

예전에 티끌 하나 없었던 거실이 맞나 싶다. 내 얼굴이 비칠 것 같았던 모습은 이미 없어진 지 오래다. 무엇보다 신기한 것은 그

난장판을 엄마가 무장해제 했다는 것이다.

"엄마, 우리 집 무슨 폭격 맞은 거 같지 않아요?"

"뭐가? 지금 어때서? 아주 지극히 정상이구만."

이제 나는 우리가 이어 놓은 이음새가 어딘지 찾을 수 없다. 아빠와 엄마, 나 그리고 서준이가 이곳에 함께 있을 뿐이다.